UNE CANTATRICE « AMIE » DE NAPOLÉON

GIUSEPPINA GRASSINI

1773-1850

PAR

ARTHUR POUGIN

VINGT ILLUSTRATIONS

PARIS
LIBRAIRIE FISCHBACHER
Société anonyme
33, RUE DE SEINE 33

1920

GIUSEPPINA GRASSINI

OUVRAGES DU MÊME AUTEUR

publiés par la Librairie Fischebacher

Méhul, sa vie, son génie, son caractère. In-8, 1892 . . . . 10 »
Acteurs et Actrices d'autrefois. In-12, illustré. 1897 . . . . 5 »
Essai historique sur la musique en Russie. In-12, 1904 . . . . . . 6 »
Le Théâtre à l'Exposition universelle de 1889. In-8, 1890 . . . . . 4 50
Viotti et l'École moderne du violon. 1 volume grand in-8. 1888 *(Épuisé)*. 5 »
Jean-Jacques Rousseau musicien. In-8, illustré, 1901 . . . . 7 »
Monsigny et son temps. In-8, illustré, 1908 . . . . 12 »
Les Guarnerius. In-8, illustré, 1909 . . . . 5 »
Pierre Jélyotte et les chanteurs de son temps. In-8, illustré, 1905 . 7 50
Musiciens du xixe siècle. In-12, avec 9 autographes. . . . . 5 »
Massenet. Étude biographique et critique. In-16, 1913 *(Tiré à petit nombre)* 7 50
Mme Favart (1727-1772). In-8, illustré, 1912 . . . . 5 »
Un Directeur d'Opéra au xviiie siècle. — L'Opéra sous l'Ancien régime. — L'Opéra sous la Révolution. In-8. 1914 . . . . 6 »

UNE CANTATRICE « AMIE » DE NAPOLÉON

GIUSEPPINA GRASSINI

1773 - 1850

PAR

ARTHUR POUGIN

VINGT ILLUSTRATIONS

PARIS
LIBRAIRIE FISCHBACHER
Société anonyme
33, RUE DE SEINE, 33

1920

GIUSEPPINA GRASSINI,
d'après le tableau d'Andrea Appiani à la Bibliothèque Ambrosienne de Milan.

UNE CANTATRICE « AMIE » DE NAPOLÉON

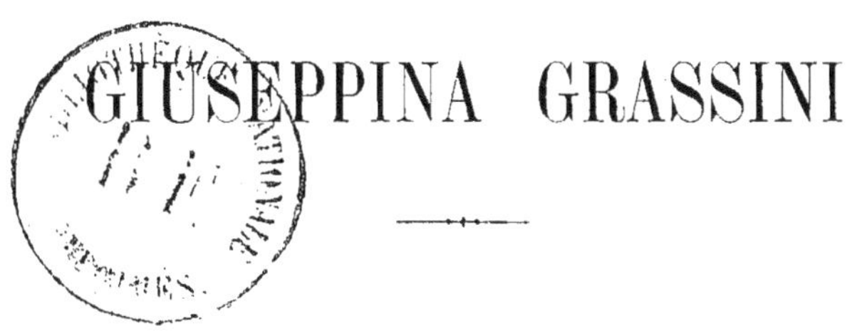

GIUSEPPINA GRASSINI

La grande cantatrice qui a rendu célèbre le nom de Giuseppina Grassini est restée jusqu'ici assez mal connue en France — et même en Italie, sa patrie. Nous n'avions guère sur elle, avec la courte notice que Fétis lui a consacrée dans la *Biographie universelle des Musiciens*, que celle donnée par Scudo à la *Revue des Deux Mondes* et qui n'est, en réalité, qu'une paraphrase de la précédente; toutes deux insuffisantes, et fautives. On en était là, et l'on ne savait rien de particulier sur une artiste que recommandait pourtant à l'attention, outre le talent dont elle avait fait preuve et qui lui avait valu une renommée considérable, l'intimité extraordinaire qui l'avait liée au plus grand homme de guerre des temps modernes, Napoléon en personne, lorsque paraissait il y a quelques mois dans un excellent journal de Milan, *il Mondo artistico*, le meilleur en son genre que possède l'Italie, une notice très informée sur la Grassini, notice très neuve, très curieuse, signée du nom de M. Antonio Cipollini. L'auteur de cette notice, qui, si je ne me trompe, est allié à la famille Grassini, est en possession de tous les papiers de la grande artiste, de sa correspondance, de tous les documents à elle relatifs; il était donc à même de révéler et de faire connaître, en ce qui la concerne, les faits les plus intéressants et les plus intimes. Il n'a eu garde d'y manquer; et si les pages qu'il lui a consacrées ne constituent pas une biographie en forme, si le récit est un peu fait à bâtons rompus et sans s'astreindre à une succession rigoureuse des faits, ces pages n'en sont pas moins précieuses, en ce qu'elles nous apportent, sur celle qui en fait l'objet, des renseignements nouveaux et précis, qu'elles rectifient les erreurs accréditées jusqu'à ce jour, avec cet avantage qu'elles nous font connaître la femme en complétant la carrière de l'artiste.

Cette figure de la Grassini, vraiment piquante et originale, est tellement intéressante à observer que je me suis plu à l'étudier de près, et que la pensée m'est venue de la faire revivre, en joignant à ce que mes propres recherches m'apprenaient sur elle les détails nouveaux qu'apportait M. Cipollini et dans lesquels, comme on le verra, je ne me suis pas fait faute de puiser. La femme est charmante, sympathique, bizarre à certains égards; l'artiste est de qualité absolument supérieure, et elle me semblait mériter une histoire aussi sûre, aussi complète, aussi exacte que possible. Sans attacher plus d'importance qu'il ne convient à une étude de ce genre, je me suis efforcé de tracer cette histoire, dont tout le mérite résidera sans doute dans cette exactitude. Elle apportera du moins un chapitre nouveau à celle de tous les grands artistes par lesquels a été illustré, au XVIIIe siècle et dans la première partie du XIXe, ce bel art du chant italien qui, en dépit de certains défauts, a excité justement l'admiration de toute l'Europe et fait la joie de plusieurs générations.

I

Varèse est une gentille et gracieuse petite ville de la Lombardie, située près du joli lac argenté qui porte son nom. En ce pays fertile, tranquille et souriant vivait, dans la seconde moitié du XVIIIe siècle, un couple très uni, si étroitement uni qu'il n'avait pas donné naissance à moins de dix-huit enfants. On comprend qu'avec une telle progéniture, l'existence n'était pas absolument facile. Toutefois, le mari, Antonio Grassini, n'était point, comme l'ont dit tous les biographes, se copiant à l'envi les uns les autres, un simple cultivateur, un *povero contadino ;* sa situation, quoique modeste, était cependant plus relevée, et il faisait profession de comptable, étant employé en cette qualité au couvent de la *Madonna del Sacro Monte* (plus tard il obtint un emploi officiel à Milan, où il vécut, retraité et pensionné, jusqu'à plus de quatre-vingts ans). Sa femme, excellente et sage ménagère, née Isabella Luini, descendait directement, dit-on, de la famille du grand peintre Bernardino Luini, l'un des plus fameux élèves de Léonard de Vinci. Des dix-huit enfants qui durent le jour aux époux Grassini, un était destiné à se faire un nom illustre dans l'histoire de l'art. C'était une fille, la petite Giuseppina (Maria-Camilla), qui, née à Varèse le 18 avril 1773, devait, avant même d'avoir atteint sa vingtième année, être considérée comme l'une des plus grandes cantatrices de l'Italie, où les grands chanteurs semblaient alors sortir de dessous terre.

On raconte que la mère de la fillette était un peu musicienne, et pour se distraire des soins domestiques, jouait parfois du violon avec une sorte de passion. Et alors, dit un biographe, « le voisinage entendait souvent s'unir aux sons du violon le suave gazouillement d'un rossignol; c'était la voix de la petite Giuseppina; et les gens s'attroupaient dans la rue pour l'entendre ». Et c'est ainsi qu'un jour l'entendit aussi le maître de chapelle de l'église de San Vittore, un brave musicien nommé Domenico Zucchinetti. Celui-ci, frappé de la beauté de la voix de l'enfant, qu'il eût été désolant de laisser perdre, dit à Antonio : « Ta fille a un gosier d'or », et s'offrit à lui donner des leçons et à lui enseigner le solfège, ce qui fut accepté. Et le petit rossignol, profitant des leçons de son maître, se fit bientôt entendre à l'église, et les Varésans s'extasiaient en l'écoutant, et l'excellent Zucchinetti ne cessait de répéter à son père qu'il avait en cette enfant une fortune assurée et qu'il fallait la consacrer à l'art. Il fallait donc, ajoutait-il, l'envoyer à Milan, alors déjà le grand centre artistique de l'Italie, où elle se formerait et cultiverait l'admirable instrument dont la nature l'avait si généreusement douée.

Le papa Grassini était volontiers enclin à suivre le conseil qui lui était donné, mais il avait à combattre les préjugés de sa femme, catholique très fervente, qui, apeurée à la seule pensée que sa fille pourrait un jour monter sur les planches d'un théâtre et paraître devant le public, la croyait perdue d'avance et ne voulait rien entendre. Il faut croire pourtant qu'à force de raisonnements on parvint à la convaincre et à venir à bout de sa résistance, car, finalement, l'enfant fut envoyée à Milan pour y faire son éducation musicale. Là, à peine arrivée, elle eut la bonne fortune d'être prise en affection par le général comte Alberico Belgiojoso, l'un des dilettantes les plus passionnés d'une famille de dilettantes, qui, frappé de ses dons exceptionnels et de son intelligence, se fit son protecteur et se chargea de son avenir (1). Entre autres excellents maîtres qu'il lui donna, il la confia, pour le chant, à un professeur expérimenté, Antonio Secchi, qui fut plus tard pro-

(1) Deux autres Belgiojoso, le prince Emilio et le comte Pompeo, étaient renommés à Milan pour leur talent de chanteurs amateurs, et un troisième, le comte Antonio, se distingua comme compositeur.

fesseur au Conservatoire de Milan, et sous la direction de ce maître habile l'enfant fit de tels progrès, et si rapides, qu'à peine âgée de seize ans elle était en état de faire ses débuts et de paraître à la scène. Il n'est pas inutile sans doute d'ajouter que déjà elle était fort belle, ayant eu la chance d'échapper, quelques années auparavant, à une épidémie de variole qui s'était abattue sur la maisonnée et qui, en frappant tous les siens, l'avait par miracle épargnée, en respectant son joli visage.

La voix de la Grassini, lorsqu'elle fut définitivement formée, assouplie et perfectionnée par l'étude, était un contralto superbe et plein d'éclat, d'un velours merveilleux, que venaient compléter quelques notes de soprano qui en augmentaient l'étendue et la beauté. Cette voix, à laquelle sa rare puissance n'enlevait pas une remarquable agilité, était caractérisée par un timbre profondément émouvant, dont l'accent naturellement pathétique était renforcé par l'admirable sentiment dramatique qui distinguait le talent de la cantatrice. Car la Grassini ne fut pas seulement une virtuose accomplie, comme on en connaissait beaucoup alors; elle fut une artiste dans l'acception la plus complète du mot, une noble artiste aux élans fiers, passionnés et pleins de grandeur, dont la puissance d'émotion, la sensibilité pénétrante et les accents douloureux allaient frapper au plus profond de l'âme des auditeurs et leur arrachaient des larmes. C'est la beauté de cette voix (« une voix du ciel », disait-on), c'est la splendeur de ce talent qui, dès son arrivée devant le public, produisirent une telle impression qu'aussitôt on la nomma la « dixième Muse » et que son succès fut triompal. La petite fille du modeste comptable de Varèse, qui avait commencé par enchanter ses concitoyens, ne devait pas tarder à devenir célèbre, et, justifiant la prédiction de son premier maître, le brave Zucchinetti, allait marcher d'un pas rapide à la conquête de la gloire et de la fortune.

II

Tous les historiens racontent que la jeune Giuseppina Grassini fit ses débuts à la Scala de Milan en 1794, dans deux ouvrages nouveaux de Zingarelli et de Portogallo, ce qui est inexact et ce qui est aller un peu vite en besogne. Je ne sais trop si l'on trouverait un seul exemple d'un artiste faisant, sans apprentissage préalable, son premier début sur ces planches célèbres de la Scala, qui fut, dès sa fondation, l'un des théâtres les plus fameux de l'Italie entière. La vérité est que la première apparition de la Grassini devant le public, alors qu'elle venait d'accomplir sa seizième année, eut lieu plus modestement, dans l'emploi de *seconde donne*, au théâtre ducal de Parme, où elle joua, au cours de la saison 1789-90, *la Pastorella nobile* de Guglielmi, et *la Ballerina amante* de Cimarosa; peu de mois après on la vit paraître pour la première fois à la Scala dans *la Bella Pescatrice* de Guglielmi, *i Zingari in fiera* de Paisiello et *la Cifra* de Salieri. Car, fait à remarquer, cette cantatrice, dont l'immense renommée devait se faire dans le répertoire proprement dramatique, commença sa carrière en jouant cinq opéras bouffes. C'est seulement en 1792, à Vicence, et en 1793, à Venise, qu'elle aborda les rôles tragiques; et son succès y fut tel aussitôt qu'il la fit rappeler à la Scala. Et c'est cette fois qu'elle joua, ayant pour partenaires le ténor Lazzarini et le fameux sopraniste Marchesi, deux ouvrages nouveaux, écrits expressément pour ce théâtre et dans lesquels elle se plaça tout d'un coup au premier rang : *Artaserse*, de Zingarelli (26 décembre 1793), et *Demonfoonte*, de Marcos Portogallo (8 février 1794). Dans ces deux ouvrages elle fit admirer, avec sa rare beauté, la splendeur de sa voix, son habileté de cantatrice et son superbe accent dramatique. Dès lors elle est, à peine âgée de vingt ans, en pleine possession de la faveur du public, et se voit classée à l'égal des plus fameuses artistes de ce temps, les Storace, les Giorgi-

THÉATRE DE LA SCALA, A MILAN. — Vue extérieure.

Banti, les Billington..... Sa renommée est faite, et désormais ne pourra plus que grandir.

De Milan la Grassini retourne à Venise, où elle chante une cantate nouvelle de Mayr, *Temira e Aristo*, et l'*Orfeo e Euridice* de Bertoni; puis elle revient à Milan, pour prendre part encore à l'exécution de deux ouvrages nouveaux. *Apelle e Campaspa*, de Tritto (1), et *Giulietta e Romeo*, de Zingarelli. Dans ce dernier, dont les interprètes secondaires étaient le ténor Bianchi, Monani et Mme Dianand, elle avait pour principal partenaire le célèbre sopraniste Crescentini, qui devait personnifier Romeo, tandis qu'elle représenterait Giulietta. Quel que fût déjà son talent, c'était assurément une heureuse fortune pour une jeune artiste, non seulement de se trouver en contact avec un chanteur si merveilleux, mais encore de l'avoir ainsi pour partenaire, et d'être l'héroïne de ce héros. Artiste alors sans rival, Crescentini était le digne successeur de toute cette race de sopranistes qui avaient pour ainsi dire formé en Italie l'admirable école de chant qui faisait l'orgueil et la gloire de ce pays : Senesino, Caffarelli, Farinelli, Gizziello, Guadagni, Millico, Pacchiarotti.... On peut justement railler l'importance excessive que leurs contemporains donnaient à ces artistes exceptionnels, on peut surtout déplorer l'influence que leur immense vanité finit par exercer sur les compositeurs, qui, pour leur complaire et pour complaire au public, sacrifiaient à leur virtuosité jusqu'à la vérité dramatique et au plus simple sentiment des convenances théâtrales. Il n'en est pas moins vrai que leur art était enchanteur et procurait à ceux qui en jouissaient comme une sorte d'ivresse. Quant à Crescentini, on peut dire qu'il était un grand artiste dans toute l'acception du mot, et qu'il se montrait supérieur à tous ceux qui l'avaient précédé, précisément parce qu'à l'étonnante habileté du chanteur, dont ceux-là se contentaient généralement, il joignait les plus belles et les plus nobles qualités du grand tragédien lyrique, et qu'il poussait

(1) Et non de Traetta, comme le dit Fétis, qui oublie que Traetta était mort depuis 1779.

l'expression de la passion et le sentiment pathétique à leurs dernières limites. Agé alors de trente et un à trente-deux ans, il était déjà à l'apogée de sa gloire, et son nom, qui retentissait par

ZINGARELLI,
d'après une estampe italienne contemporaine.

toute l'Italie, n'était pas moins célèbre à l'étranger, où il avait donné des preuves d'un talent merveilleux, non seulement sous le rapport de la virtuosité pure, mais aussi en ce qui touche la beauté du style et la profondeur du sentiment dramatique. « Crescentini, disait Fétis, fut le dernier grand chanteur qu'ait produit l'Italie : en lui a fini la série de virtuoses sublimes enfantés par cette terre classique de la mélodie. Rien ne peut être comparé à la suavité de ses accents, à la force de son expression, au goût parfait de ses *fioritures*, à la largeur de son phrasé, enfin à cette réunion de qualités dont une seule, portée au même degré de supériorité, suffirait pour assurer à celui qui la posséderait le premier rang parmi les chanteurs de l'époque actuelle (1). »

On ne s'aventurerait pas beaucoup sans doute en supposant que la Grassini, qui était une femme intelligente et qui avait de l'art le sentiment le plus élevé, sut profiter du voisinage d'un tel compagnon et de l'exemple qu'il lui donnait. Son âme ardente s'échauffait encore à celle d'un artiste si exceptionnellement doué, et leur réunion opérait des prodiges. On le vit bien lorsqu'il s'agit de *Giulietta e Romeo*, composition froide d'un musicien non sans talent, mais sans génie, qui ne connut jamais l'inspiration, et dont le cerveau sut rester insensible devant la grandeur de ce poème héroïque de l'amour. Grâce à leur incomparable talent, à la chaleur passionnée qu'ils déployèrent l'un et l'autre dans leur exécution superbe de ce drame palpitant auquel la musique de Zingarelli n'avait rien ajouté, ils réussirent à donner le change au public sur la valeur d'une œuvre sans consistance et sans flamme, et à procurer à celle-ci un véritable triomphe. En acclamant avec enthousiasme les deux nobles artistes auxquels ils devaient une émotion si profonde, les spectateurs reportaient involontairement une partie de cet enthousiasme sur le compositeur. Ce n'est pas le seul exemple, au théâtre, d'une œuvre débile dont une interprétation magnifique assure le succès.

(1) Et un autre historien dit, en parlant de Crescentini, qui avait passé quatre années à Lisbonne : — « Lorsque après son départ de Lisbonne, Mme Catalani voulut paraître dans les rôles dans lesquels avait brillé Crescentini, elle y échoua complètement et ne fit qu'ajouter aux regrets que tout le public éprouvait d'avoir perdu un chanteur d'un aussi rare mérite. » *(Biographie universelle et portative des Contemporains.)*

Laissant les dilettantes milanais, qui ne pouvaient se lasser de l'entendre et de l'applaudir, sous l'impression de l'émoi qu'elle leur avait ainsi causé en compagnie de Crescentini, la Grassini reprenait pour la troisième fois la route de Venise, où elle allait reparaître sur ce théâtre de la Fenice, l'un des plus beaux et des plus somptueux alors de toute l'Italie, qui offrait aux regards un coup d'œil féerique lorsque, dans ses grandes représentations de gala, deux mille spectateurs, frémissants de plaisir, l'emplissaient de la base jusqu'au faîte (1). Là, elle joue d'abord *Issipile*, opéra de Gaetano Marinelli (que Fétis a oublié dans la liste des œuvres de ce compositeur), elle retrouve, avec Crescentini, le succès que tous deux venaient d'obtenir dans *Giulietta e Romeo*, et elle crée encore un opéra que Cimarosa, alors dans tout le rayonnement de sa gloire et de son génie, avait écrit expressément à leur intention et dont il avait su faire un chef-d'œuvre, *gli Orazii e Curiazii*. La Grassini dans le rôle d'Orazia, Crescentini dans celui de Curiazo, heureusement secondés par Babbini, Mongini et Carolina Maronesi, obtinrent dans cet ouvrage un triomphe complet, partageant le succès du compositeur, qui, dans le genre sérieux, n'avait jamais atteint une telle hauteur. La Grassini paraît encore, avant de quitter la Fenice, dans un autre opéra nouveau, *Telemaco nell' isola di Calipso*, le quatrième des soixante ouvrages de Simon Mayr, compositeur estimable et intéressant mais un peu trop dépourvu d'originalité, et dont la renommée repose plus sur la valeur de son enseignement (il fut, entre autres, le maître de Donizetti) que sur celle de ses œuvres. Malgré l'appoint que lui apportaient

(1) L'existence de ce magnifique théâtre ne remontait encore qu'à quelques années. L'inauguration de la Fenice avait eu lieu le mercredi 16 mai 1792, par la première représentation d'un opéra nouveau de Paisiello, *i Giuochi di Agrigente*, dont les rôles principaux étaient tenus par la Giorgi-Banti, Marianna Sessi, le célèbre sopraniste Pacchiarotti et David. « Le libretto de l'opéra fut imprimé, dit un chroniqueur, avec un grand luxe typographique; le frontispice présente une vue de la façade intérieure du théâtre, et dans le texte se trouvent les portraits de Paisiello, de la Banti, de Pacchiarotti et de David. »

VUE INTÉRIEURE DU THÉATRE DE LA FENICE, A VENISE, D'APRÈS UNE ANCIENNE ESTAMPE.

le talent et la beauté de la cantatrice dans le rôle de Calypso, ce *Telemaco*, d'ailleurs bien accueilli du public, n'obtint qu'un succès passager, et disparut ensuite sans retour.

Après avoir pris part à son exécution, la Grassini quittait Venise,

THÉATRE SAN CARLO, A NAPLES. — Vue extérieure (face).

non plus, cette fois, pour retourner à Milan, mais pour se rendre à Naples, où elle était appelée à participer, au théâtre San Carlo, à une grande solennité. Ce théâtre San Carlo, l'un des plus justement célèbres de toute l'Italie, avait été le centre et le témoin des exploits triomphants de la glorieuse école napolitaine. C'est là qu'avaient été représentés, notamment, *Oreste, l'Eroe cinese, le Astuzie femminili, Penelope,* de Cimarosa, *Andromaca, Antigone, Pirro,* de Paisiello, et les ouvrages de Piccinni, Guglielmi, Sarti, Sacchini,

Tritto, Tarchi, Anfossi... On y préparait alors, à l'occasion de fêtes fastueuses destinées à célébrer les noces du prince héréditaire François de Bourbon avec l'archiduchesse Marie-Clémentine d'Autriche, la représentation d'un nouvel opéra de Cimarosa, *Artemisia, regina di Caria*, dont la Grassini devait personnifier l'héroïne. C'est à cette occasion qu'elle avait été appelée à Naples, peut-être à l'insti-

THÉATRE SAN CARLO A NAPLES. — Vue intérieure.

gation du compositeur. Ce fut le premier ouvrage joué à San Carlo à la suite de réparations importantes dont ce théâtre avait été l'objet. Il fut représenté au mois de Juin 1797, et sans grand succès, par suite de circonstances particulières. Mais la cantatrice y avait triomphé personnellement, et deux mois après, le 13 Août, elle reparaissait dans un autre ouvrage nouveau, celui-ci de Giuseppe Curci, *Gonzalvo di Cordova* (1).

C'est ici que se place, dit-on, une aventure assez bizarre, qui

(1) Voy. Francesco Florino : *La Scuola musicale di Napoli.*

qui nous la montre sous un autre aspect que celui de la cantatrice.

On a beaucoup glosé sur ce qu'on pourrait appeler la carrière amoureuse de la célèbre artiste, et il est bien certain qu'elle aurait eu de la peine à être admise dans le temple de Vesta. Toutefois, on a pu constater à son avantage que sous ce rapport elle ne fut jamais poussée par la vénalité. D'aucuns, cependant, ont prétendu faire de la morale à ce sujet, et un écrivain alle-

THÉATRE SAN CARLO A NAPLES. — Vue extérieure (profil).

mand, un certain Stegmann, qui s'est toujours montré hostile à son égard, a cru devoir user de sévérité envers elle à ce point de vue, sans vouloir se rappeler que deux autres cantatrices célèbres de ce temps, ses propres compatriotes, la Billington et la Mara, s'étaient rendues fameuses par leur conduite ouvertement et cyniquement scandaleuse, sans avoir, comme elle, l'excuse de la liberté puisqu'elles étaient mariées — pauvres maris! Mais quoi? La Grassini était jeune, elle était belle, elle était artiste; lui reprochera-t-on d'avoir éprouvé l'enthousiasme de la jeunesse, de l'art et de la beauté? Vivant dans un monde à part, entourée d'adulations et d'hommages, objet de l'admiration générale, enivrée d'encens, en butte à toutes les séductions et à toutes les convoitises, est-il étonnant qu'elle y ait succombé, qu'elle ait cédé à l'ardeur de ses passions, qui d'ailleurs n'étaient pas ordinaires? Eh bien, non, ne soyons pas plus rigoristes que de raison, et appliquons-lui seulement le mot de l'Évangile : Il lui sera beaucoup pardonné... Pour ma part, je ne veux voir en elle, avec la grande artiste, que la femme bonne, intelligente, charitable qu'elle fut toujours, au dire de tous ceux qui l'ont connue et dont elle savait se faire aimer.

L'aventure dont je veux parler a été racontée naguère par Scudo dans la notice assez insignifiante publiée par lui sur la Grassini. Elle prend place à l'époque (1797) où, venant de créer à Venise, comme on l'a vu, les *Horaces* de Cimarosa, la Grassini arrivait à Naples, où ses succès au théâtre San Carlo n'étaient pas moins éclatants; j'emprunte à Scudo son récit :

Dans l'été de cette année 1797, qui fut la dernière de la république de Venise, madame Grassini se rendit à Naples, ville que la célèbre cantatrice visitait pour la première fois, à ce qu'on a lieu de croire. Appelée dans cette capitale pour contribuer à l'éclat du mariage du prince héréditaire des Deux-Siciles, qui a été depuis le roi François Ier, père de madame la duchesse de Berri, le séjour de madame Grassini dans ce grand foyer de l'art musical a été pour la cantatrice une des époques les plus heureuses de sa vie. Piccinni, qui se trouvait alors à Naples, où il était venu chercher un refuge bien précaire contre les vicissitudes de la révolution française, composa pour madame Grassini une cantate qu'elle devait chanter à la cour. Un élève de Piccinni, Anfossi, fut assez puissant pour faire échouer ce projet en substituant un morceau de sa composition à celui de son maître (1). Indigné d'un pareil procédé, le prince Auguste d'Angleterre, qui est devenu plus tard le duc de Sussex (2), fit chanter dans son hôtel, par madame Grassini, la cantate de l'illustre compositeur dont on avait méconnu les services. Il n'est pas inutile d'ajouter peut-être que le prince anglais, qui se donnait pour un grand amateur de musique, était alors entièrement subjugué

(1) Il y a ici, certainement, tout au moins une erreur de nom; Anfossi (qui d'ailleurs était bien capable d'une petite infamie de ce genre) ne pouvait être à Naples en ce moment; il venait de mourir à Rome au mois de février 1797. (Voy. Francesco Florimo : *La Scuola musicale di Napoli.*)

(2) Et qui était fils du roi George III.

par les charmes de madame Grassini, dont il était devenu le plus heureux et le plus magnifique des *cicisbei*. Il subissait avec docilité l'empire de la *prima donna assoluta*, qui se plaisait à l'atteler à son char comme un coursier de race attestant la puissance de ses beaux yeux. Un jour, cependant, que le prince crut avoir le droit de reprocher à son infidèle quelque péché véniel, il résolut de s'en venger. Il lui manifesta le désir de faire avec elle une promenade sur la mer. C'était par une belle nuit d'été. Au moment où ils voguaient tous deux paisiblement *al chiaro di luna* qui venait éclairer le beau visage de la Sirène étendue mollement comme un serpent amoureux..., elle fut saisie tout à coup par deux mariniers vigoureux qui la jetèrent à la mer. « Mais, dit le duc de Sussex en racontant cette anecdote trente ans après à M. Lablache, ce démon de femme savait nager. Elle se sauva, vint me retrouver le lendemain plus séduisante que jamais, et me fit payer chèrement la leçon de natation que je lui avais donnée. »

Je ne me porte pas garant de tous les détails réunis ici par Scudo; mais l'intimité du duc et de la Grassini ne fait pas de doute, et quant au fait de l'immersion, il est tenu en Italie pour parfaitement authentique.

Ce petit événement n'interrompit pas, d'ailleurs, la carrière de la Grassini, qui n'allait pas tarder beaucoup à donner à l'irritable duc de Sussex un successeur inattendu. De Naples, en s'arrêtant un instant à Ferrare pour y faire la saison d'automne 1798, elle se rendit pour la quatrième fois à Venise, qui la reçut de nouveau à bras ouverts. Après avoir reparu à la Fenice dans *les Horaces*, où elle retrouva l'enthousiasme qu'elle avait excité deux ans auparavant, elle chanta *la Morte di Semiramide* de Nasolini, *Zenobia in Palmira* d'Anfossi, puis un opéra nouveau de Portogallo, *Alceste*, considéré comme l'un des meilleurs et des plus intéressants de ce compositeur distingué, dont les œuvres étaient toujours bien accueillies en Italie malgré sa qualité d'étranger (1). Portogallo, qui se souvenait du succès que la belle cantatrice avait remporté

(1) Son nom véritable était Simao (Marc-Antoine). On lui avait donné en Italie celui de Portogallo, sous lequel il est resté connu, parce qu'il était Portugais, né à Lisbonne.

naguère à Milan dans son *Demofoonte*, était sans doute fort aise de la retrouver comme interprète principale de son nouvel ouvrage, où elle avait pour partenaire l'excellent ténor Brizzi.

Et après ce dernier et long séjour à Venise, où elle ne laissait que des regrets, la Grassini se dirigea une dernière fois sur Milan où elle se retrouvait dans les derniers mois de 1800.

Nous touchons ici à un fait qui devait avoir une grande importance dans la suite de son existence.

III

La campagne d'Italie, entreprise contre l'Autriche par le général Bonaparte, premier consul, venait, au bout d'un mois à peine et grâce à son génie, de se terminer d'une façon foudroyante par la victoire de Marengo. Il va sans dire que la Lombardie, frémissante pendant toute cette campagne, et particulièrement Milan, accueillirent avec enthousiasme la nouvelle d'un événement qui les délivrait d'un joug détesté. Témoin cette proclamation, affichée sur les murs de la ville dès le 16 juin, deux jours après la bataille :

AVIS

Attendu la victoire obtenue, l'armistice conclu et l'arrivée en cette ville du célèbre héros et libérateur de l'Italie, BONAPARTE, l'administration municipale invite tous les Citoyens à une illumination générale de la ville pour ce soir. Le grand théâtre de la Scala sera aussi illuminé. L'armistice sera publié prochainement.

DE LA MAISON COMMUNE, le 16 juin 1800.

MARLIANI, *président.*

Et le 20 juin, Bonaparte, au milieu et aux acclamations d'une population en délire, faisait son entrée solennelle à Milan, où il allait prendre possession du *Palazzo reale.* On organisait aussitôt en son honneur, pour le soir même, dans la salle de la Scala, un grand concert de gala auquel, entre autres artistes, prenaient part le fameux Marchesi et la Grassini. Celle-ci, au dire de quelques-uns, chanta *la Marseillaise* comme *una baccante inebriata*, et l'on

THÉATRE DE LA SCALA, A MILAN. — La scène.

raconte que sa voix et sa beauté produisirent sur le héros vainqueur une impression indéfinissable. « Comment et de quelle façon, écrit à ce sujet un biographe italien, la *dixième Muse* fut-elle introduite auprès de lui ? nul ne le sait, et les chroniqueurs ne l'ont point dit ; mais ce qu'ils ont dit, et ce qui est vrai, c'est que le matin suivant la Grassini déjeunait avec le premier consul, en compagnie de son ami le général Berthier. » La connaissance, on le voit, avait été bientôt faite.

Elle ne s'arrêta pas là, et Bonaparte avait été tellement séduit par le chant et la beauté de la sirène, qu'il voulut la ramener en

France avec lui. Elle était en effet à Paris peu de jours après, si bien qu'elle prit personnellement part à la fameuse fête de la Concorde qui fut célébrée le 14 juillet dans le « Temple de Mars » (l'église des Invalides) pour solenniser tout à la fois l'anniversaire de la prise de la Bastille et le retour de la victorieuse armée

THÉATRE DE LA SCALA, A MILAN. — Vue intérieure, d'après une aquarelle de Matania.

d'Italie et de son chef. On sait que c'est à cette occasion que Méhul avait écrit et fit exécuter son admirable *Chant du 25 Messidor*. Mais avant l'exécution de ce chef-d'œuvre, l'assistance somptueusement réunie aux Invalides entendit un duo italien, écrit expressément aussi pour la circonstance et qui était chanté par la Grassini et le ténor Bianchi, ainsi que le constatait le *Moniteur universel* dans son compte rendu de la solennité : — « ...Aussitôt que le premier consul a été placé, on a exécuté deux chants de triomphe pour la délivrance de l'Italie. C'est la première fois qu'on a entendu à Paris madame Grassini et le citoyen Bianchi, qui sont venus à Paris pour concourir par leurs talents à l'embellissement de cette fête et célébrer la gloire de ces armées qui rendent la paix à leur patrie, à cette antique Italie, théâtre de tant de gloire. Qui pouvait mieux célébrer Marengo que ceux dont cet événement assure le repos et le bonheur (1)? »

Il est certain que cette première apparition à Paris de la Grassini, dans une circonstance si exceptionnelle, produisit sur tous ceux qui furent à même de l'entendre une impression considérable ; l'extraordinaire beauté de sa voix, jointe à l'éclat de sa rare beauté personnelle, excita chez ces auditeurs privilégiés une sorte d'admiration mêlée d'étonnement, dont le sentiment se répandit bientôt dans le vrai public. Celui-ci pourtant ne put être à même de la connaître qu'un peu plus tard, lors des deux concerts qu'elle donna à l'Opéra et dont il sera question plus loin (2).

Mais la Grassini n'entendait sans doute pas perdre son temps à Paris. Peut-être un peu négligée par Bonaparte, en ce moment préoccupé de soins plus importants que ceux de ses amours, elle se

(1) Et le plus récent biographe de la cantatrice, M. Antonio Cipollini, cite les premiers vers de ce duo : « La Grassini, dit-il, se présenta avec le célèbre ténor Eliodoro Bianchi, et, excitant un enthousiasme croissant, entonna le duo composé pour la circonstance : *Glorie delle armi, la Cisalpina liberata !* » De qui étaient ces vers, et qui en avait écrit la musique ? et qui pourrait le dire aujourd'hui ?

(2) Ce farceur de Castil-Blaze, annaliste fantaisiste et toujours inventif, n'a pas manqué de saisir cette occasion pour divaguer à sa manière, en donnant des entorses à l'histoire. Voici ce qu'il dit, en parlant de la Grassini, dans son *Académie impériale de Musique* (tome II, page 80) : — « Je l'entendis alors (il avait quinze ans), elle était dans toute la puissance de son talent et dans tout l'éclat de sa beauté. Le premier consul l'avait amenée à Paris, il la fit chanter à la fête républicaine célébrée au Champ-de-Mars pour l'anniversaire du 14 Juillet. Huit cents musiciens étaient réunis pour cette solennité, *que l'on différa jusqu'au 22 pour donner aux vainqueurs de Marengo le temps de s'y rendre.* » Or, on ne différa rien du tout, et la fête eut lieu très exactement le 14 Juillet. Les journaux sont là pour l'attester, et entre autres *le Moniteur*, qui en donnait le compte rendu complet dans son numéro du 17. Historiens de l'avenir, méfiez-vous de Castil-Blaze !

décida à lui écrire pour lui faire part d'un projet hardi qu'elle avait conçu et pour la réalisation duquel elle avait besoin de son appui. Ce projet, comme on va le voir, n'était rien autre que la création à Paris, d'un théâtre permanent d'Opéra italien qu'elle se chargerait elle-même de diriger. Voici le texte exact de la lettre très curieuse, et jusqu'ici inconnue, qu'à ce sujet elle adressait à Bonaparte (1) :

Citoyen Premier Consul,

En un moment où tout concourt à rendre Paris la plus brillante ville du monde et où rien ne manque pour attirer l'attention universelle, il semble qu'il conviendrait d'y établir un grand *Opéra italien*, comme déjà se glorifient de le posséder les premières villes de l'Europe. A vous, citoyen Premier Consul, à qui chacun doit la France régénérée, il est réservé de lui donner encore une nouvelle splendeur en y introduisant le bon goût de la musique et du *vero canto italiano.*

Madame Grassini offre le projet de donner ici, sous votre protection, le grand Opéra italien, et successivement aussi un *Opera buffa.* avec d'autres sujets. A cet effet, elle aurait besoin d'un théâtre entièrement à sa disposition. Après les recherches qu'elle a faites, il se trouve qu'en ce moment le gouvernement n'en a aucun; mais il s'en présente un très adapté, construit il n'y a pas longtemps, et qui est situé *dans la rue de la Victoire, derrière le manège de la rue de Provence* (ces derniers mots sont en français) (2).

Elle vous demande, citoyen Premier Consul, d'être affranchie du prix de la location du susdit théâtre, qui est de 40.000 francs environ, c'est-à-dire à peine la douzième partie de ce que coûte l'Opéra français au gouvernement. Elle se charge de toutes les autres dépenses qu'exigerait l'entreprise, qui seraient très grandes et très considérables.

Madame Grassini vous supplie, citoyen Premier Consul, d'observer que le sacrifice qu'elle sollicite de votre générosité est bien médiocre en comparaison des avantages que les habitants de Paris tireraient d'un bon Opéra, surtout en

(1) Le texte italien de cette lettre a été publié par M. Cipollini, qui en possède la minute autographe de la main de la Grassini.

(2) C'était la salle du Théâtre Olympique, construite en effet depuis peu, l'une des plus jolies et des plus élégantes de Paris.

ce moment où la bonne musique semble presque perdue en France (!). Elle ose espérer que vous recevrez avec bonté sa supplique et que vous daignerez lui accorder la grâce qu'elle vous demande.

Salut et respect.

GIUSEPPINA GRASSINI.

Paris, le 5 Fructidor, rue Caumartin, N° 762.

Cette lettre, très bien faite et fort habile, montre que, de la part de la Grassini, il ne s'agissait pas d'un projet en l'air et sans consistance, mais au contraire d'une affaire sérieuse, vraiment étudiée, et pour laquelle elle s'était exactement informée de toutes façons. Elle avait appris ce que coûtait l'Opéra français, elle avait cherché un théâtre et elle l'avait trouvé, elle en connaissait le prix de location, etc., et elle ne demandait, sous forme de légère subvention, que d'être exonérée de cette location. On voit qu'elle s'était bien préparée à l'exécution de son plan, qui certainement était de nature à séduire Bonaparte, très partisan, comme on sait, de la musique italienne, à laquelle il sacrifiait volontiers les musiciens français.

Qu'arriva-t-il, pourtant, et pourquoi le projet si bien exposé par la Grassini ne comporta-t-il aucune suite? Nous allons essayer de nous en rendre compte par les dates. La lettre de la Grassini porte celle du 5 Fructidor, sans plus. Or, elle ne peut être que du 5 Fructidor an VIII (23 Août 1800), c'est-à-dire cinq semaines après la solennité du 14 Juillet (ce qui prouve qu'elle n'avait pas perdu son temps), et voici pourquoi. Le 10 Prairial an X (30 Mai 1801), et précisément dans cette salle du Théâtre Olympique que la Grassini avait visée pour son projet, la Montansier procédait elle-même à l'inauguration d'un Opéra italien — *Opera buffa* — en faisant représenter un opéra de Marcello di Capua, *Furberia e puntiglio*, auquel elle faisait succéder, dès le lendemain, un ouvrage de Portogallo, *Non irritar le donne*. Bonaparte, qui depuis longtemps était en relations presque intimes avec la Montansier (on connaît la légende absurde de son prétendu projet de mariage avec elle lorsque, simple capitaine, il était sans ressources), Bonaparte avait-il déjà fait des promesses à celle-ci quand lui parvint la lettre de la Grassini ? La Montansier n'avait cessé de harceler le gouvernement directorial et le gouvernement consulaire d'une demande d'indemnité au sujet de la spoliation inique dont elle avait été la victime en 1793, alors qu'on lui avait brutalement confisqué son Théâtre-National de la rue Richelieu pour y transférer l'Opéra. Peut-être, comme fiche de consolation, Bonaparte lui avait-il accordé déjà toutes les facilités nécessaires à la création d'un Opéra italien? Voilà ce qui semble probable, et pourquoi il ne put encourager la Grassini, qui fut obligée de renoncer à son projet.

Que fit alors cette dernière, et que devinrent ses relations avec celui qui se préparait à devenir le maître de la France? Il serait malaisé de le savoir. Pendant plusieurs mois on n'entendit pas parler d'elle. Puis, le 28 Ventôse an IX (19 Mars 1801), elle donne, dans la salle de l'Opéra, un grand concert avec le concours du grand violoniste Rode, le plus célèbre élève de Viotti, déjà dans tout l'éclat de sa jeune renommée. C'était la première fois qu'elle se produisait devant le grand public, et l'on peut facilement imaginer que son succès fut éclatant. On lisait à ce sujet dans *l'Année théâtrale* : — « Plusieurs concerts très brillants ont été donnés pendant le cours de cette année. Celui qui a fixé le plus l'attention a dû son succès à la célèbre madame Grassini, qui joint une voix parfaitement belle à la déclamation la plus juste, et une méthode exquise à des moyens d'expression étonnants. Cette cantatrice, favorisée à la fois de tous les dons de la nature et de l'art, a su charmer en offrant un modèle heureux des talents réunis aux grâces, et l'oreille italienne la plus difficile, et l'œil français le plus délicat. Le concert dans lequel elle a paru a été pour elle un double triomphe. »

La salle de l'Opéra n'était pas facilement accessible aux donneurs de concerts. On peut croire que, malgré son nom, l'appui de Bonaparte ne fut pas inutile en cette circonstance à madame Grassini. Cependant, si son succès artistique fut énorme à ce concert, le succès matériel n'y répondit que d'une façon modeste, et la recette ne dépassa pas 6.000 francs. Elle ne renouvela l'expérience que sept mois après : le 18 Vendémiaire an X (10 octobre 1801) elle donnait à l'Opéra un second concert où elle triompha littéralement, et cette fois la recette atteignit le chiffre appréciable de 13.868 francs.

Cependant, Mme Grassini était ici déjà depuis dix-huit mois, sans profit pour son talent, puisqu'elle ne s'était produite devant le public que dans ces deux concerts. Malgré l'affection qu'elle avait pour Paris (affection qui ne se démentit jamais, car plus tard, et lorsqu'elle eut dit adieu à l'art, elle partagea en quelque sorte son existence entre Milan et Paris, où elle revenait sans cesse et toujours avec joie), elle sentit qu'elle n'avait plus qu'à y perdre son temps, et elle résolut de le mieux employer, et de façon plus avantageuse. Elle partit donc au mois de novembre 1801, quelques semaines après son second concert, en compagnie de Rode, pour entreprendre avec lui une tournée artistique en Allemagne (1). Les deux grands artistes se firent entendre en diverses villes, notamment à Berlin et à Munich, où leur succès fut ce que l'on peut penser. Puis, Rode étant rentré en France, la cantatrice retourna du côté de l'Italie. On la retrouve au printemps de 1802 au Grand-Théâtre de Trieste, où elle joue *la Morte di Semiramide* de Borghi, « très bien secondée, dit son biographe, par la jeune et belle Caterina Guidarini-Rossini, mère du futur auteur du *Barbier de*

(1) C'est M. Cipollini qui nous donne ce renseignement, jusqu'ici inconnu en ce qui concerne Rode. Les mauvaises langues prétendent que celui-ci comptait au nombre de ses admirateurs *effectifs* (elle en eut bien d'autres!). Je ne saurais dire ce qu'il en est. Je me borne à constater que Rode a dédié à la Grassini son huitième concerto de violon, écrit et publié pendant son séjour en Russie, en 1803 ou 1804.

Séville (1) ». Là elle fait *fanatismo*, à telles enseignes que l'*impresario*, enivré de son succès, s'en éprend follement et lui propose de l'épouser; à quoi elle lui répond, à l'aide d'un mensonge : — « Je suis appelée en ce moment à Paris par Bonaparte; mais si, à mon retour, la fantaisie me prend de me marier avec un négociant, je vous le ferai savoir. » Puis, au mois d'août de la même année elle quitte Trieste pour Bologne, passe ensuite à Bergame, pour y jouer la *Semiramide* de Nasolini et *la Vergine del sole* de Cimarosa, se fait entendre encore à Padoue, et enfin accepte un engagement de quatre mois pour Londres (mars à juillet 1803), où elle était appelée à succéder à la Giorgi Banti, qui retournait en Italie. S'il faut en croire les annalistes, elle recevait, pour cette seule saison de quatre mois, 3.000 livres sterling, soit 75.000 francs, ce qui semble tout de même un peu extraordinaire pour l'époque.

(1) Un journal italien évoquait récemment, avec les souvenirs de Rossini lui-même, recueillis en son temps, le portrait souriant de l'aimable mère de l'auteur du *Barbier* et de *Guillaume Tell*. Voici, dit-il, comment s'exprimait à son sujet l'illustre maître : — « Ma mère s'appelait Anna Guidarini; elle était fille unique d'un boulanger de Pesaro. Elle passait pour une des plus belles des jeunes filles romagnoles, et cette réputation n'était pas usurpée, je vous le jure. Belle d'une beauté parfaite, elle rappelait les types les plus purs des madones de Raphaël, qui ne l'aurait certes pas dédaignée comme modèle, si elle avait vécu de son temps. J'étais par instinct, et même dès ma plus tendre enfance, très sensible à l'attrait d'une gracieuse figure féminine, et je ne pouvais cesser de contempler, comme en une sorte d'extase, celle de ma mère; elle m'apparaissait comme un être surnaturel. Croiriez-vous qu'il m'arrivait de compter les jours de la semaine qui me séparaient du bienheureux dimanche où je pouvais la voir? Haute, bien proportionnée, la carnation d'une fraîcheur délicieuse, un peu pâle, avec de longs cheveux noirs magnifiques qui se bouclaient naturellement, une denture irréprochable, elle avait une expression de douceur vraiment angélique. Elle était très gaie de nature, toujours souriante et de bonne humeur. Elle ne savait pas une note de musique, mais elle avait une mémoire prodigieuse pour se souvenir de toutes les chansons populaires de la Romagne. Elle chantait toujours, même quand elle s'occupait du ménage et des affaires de la maison. Ma mère était ce que nous appelons en Italie une *orecchiante*. Elle se rappelait facilement tout ce qu'elle entendait chanter; si bien que lorsque, plus tard, elle fut engagée dans une de ces troupes ambulantes qui parcouraient les petits théâtres de province, elle apprenait avec la plus grande facilité tous les rôles qui lui étaient distribués. Sa voix, naturellement expressive, était pure et pleine de grâce suave, comme sa jolie figure... »

IV

La voici donc à Londres, débutant au théâtre de Haymarket, l'une des premières scènes italiennes de l'étranger, dans *la Vergine del sole*, et se trouvant aussitôt aux prises avec une rivale digne d'elle, la Billington. Élisabeth Billington, cantatrice d'origine allemande, mais née et élevée en Angleterre, où elle s'était mariée, était une artiste aussi remarquable par son talent que par sa beauté pleine d'élégance. Excellente musicienne, elle s'était, tout enfant, produite d'abord comme pianiste dans les concerts, avec son frère, Charles Weichsell, violoniste habile, et s'était même livrée à quelques essais de composition. Puis, l'âge ayant développé en elle une voix merveilleuse, son père, musicien lui-même, n'eut garde de laisser perdre un tel trésor, et lui fit entreprendre l'étude du chant sous la direction de Jean-Chrétien Bach, le dernier fils du grand Bach, alors établi à Londres, où il était devenu maître de chapelle de la reine. Aidée de son excellente éducation musicale, elle ne tarda pas à faire de rapides progrès sous la conduite et les conseils d'un tel maître, et devint bientôt une cantatrice de premier ordre. Elle s'était mesurée non sans succès avec deux artistes fameuses, la Giorgi Banti et Mme Mara, et elle était devenue l'idole du public anglais lorsque Mme Grassini arriva à Londres, précédée de sa grande renommée.

En dépit de cette renommée, la situation était difficile pour Mme Grassini, tellement était grande la faveur dont jouissait Mme Billington, et l'on raconte que son début dans *la Vergine del sole* fut accueilli avec une froideur et une réserve auxquelles elle n'était pas habituée. Piquée au jeu, en même temps que blessée dans son amour-propre, elle fit tous ses efforts pour conquérir la place que lui méritait son incontestable talent; et enfin, voulant

PORTRAIT D'ÉLISABETH BILLINGTON, d'après le tableau de Reynolds.

entamer directement la lutte avec la rivale qu'on lui opposait, elle demanda à Mme Billington de chanter avec elle, dans sa soirée à bénéfice, un opéra de Winter, *il Ratto di Proserpina*, que celui-ci venait de composer à cette occasion. L'épreuve lui fut complètement favorable, et dès lors elle fit l'enchantement de ce public qui était resté rebelle à ses accents, et devint l'héroïne de la scène. Scudo, qui avait parfois un peu trop d'imagination et qui se laissait aller à certaines fantaisies bizarres de style, a cru devoir tracer un tableau émouvant de cette lutte des deux cantatrices dans l'exécution de l'ouvrage de Winter : — « Mme Billington, dit-il, remplissait le rôle de Cérès, et Mme Grassini celui de Proserpine. Rapprochées ainsi sur un même champ de bataille, les deux cantatrices ne se ménagèrent pas les coups de gosier ni les roulades meurtrières. C'étaient des éclairs, des *gorgheggi* perfides et des trilles empoisonnés qu'on se lançait réciproquement comme des bombes à la Congrève. Le combat fut long, acharné et décisif. La victoire se déclara ouvertement pour Mme Grassini, dont la belle voix de contralto, l'expression pénétrante et le style pathétique furent l'objet de l'admiration générale ».

Sortons de la fantaisie pour rentrer dans la réalité. Un écrivain anglais contemporain, un peu froid, et qui n'était point porté en faveur de Mme Grassini (mais qui avait sur Scudo l'avantage d'avoir entendu les deux cantatrices), lord Mount Edgecumbe, nous donne son opinion sur l'une et l'autre dans les souvenirs artistiques qu'il a publiés sous ce titre : *Réminiscences musicales d'un vieil amateur* (Londres, W. Clarke, 1823); le morceau est intéressant et vaut d'être reproduit :

La voix de Mme Billington, quoique douce et flexible, n'avait pas le charme de celle de la Banti; elle était excellente musicienne et possédait une facilité qui lui permettait de faire beaucoup d'ornements qui étaient toujours de très bon goût. Malgré tous ces avantages, il lui manquait pourtant quelque chose; elle n'était point actrice; ses traits, quoique beaux, étaient sans expression. Pendant la première saison, je l'avoue, je ne partageai point l'enthousiasme du public pour Mme Billington; et par une bizarrerie assez étrange, l'instant où elle perdit la faveur publique fut celui où je commençai à l'apprécier. Je veux

MISTRESS ÉLISABETH BILLINGTON, d'après une estampe anglaise.

parler de l'arrivée de Mme Grassini, qui était engagée pour chanter les *prime donne* conjointement avec Mme Billington. Mme Grassini était en tout point opposée à sa rivale; à une beauté parfaite elle joignait une grâce toute particulière et elle était excellente actrice. Son genre exclusif était le *cantabile*, ce qui, à la longue, devenait un peu monotone; sa voix, qui autrefois était un soprano très élevé, avait été transformée par quelque accident en un contralto très bas (1). Elle débuta dans *la Vergine del sole*, opéra de Mayr (2); mais son succès comme cantatrice ne fut pas décisif, quoique son jeu et sa beauté excitassent l'admiration.

Déconcertée de la froideur qu'on lui témoignait, elle n'osa pas paraître seule dans sa représentation à bénéfice, et elle appela Mme Billington à son aide. Winter composa exprès pour cette circonstance un opéra intitulé *il Ratto di Proserpina*. Mme Billington remplissait le rôle de Cérès, et la Grassini celui de Proserpine. Ce fut alors que la fortune changea subitement. La gracieuse figure de Mme Grassini, son jeu, l'expression avec laquelle elle chanta des airs simples et faciles, tout cet ensemble ravit le public. Les sons graves de sa voix produisaient un effet admirable lorsqu'ils se joignaient à la voix brillante de Mme Billington. Cet opéra fut donné souvent ; mais, chose extraordinaire, on ne les entendit jamais chanter ensemble dans un autre ouvrage. La Grassini, dédaignée avant la représentation de cet opéra, était devenue la favorite du public ; elle était recherchée, fêtée et reçue dans toutes les réunions *fashionables*. Quant à moi, la comparaison entre ces deux rivales m'avait fait découvrir la supériorité de Mme Billington comme cantatrice et comme musicienne. Mais, on le sait, tout le monde a des yeux, et il est si peu d'oreilles musicales ! Les sourds auraient été charmés de Mme Grassini ; mais les aveugles auraient donné la préférence à Mme Billington.

Après trois années d'un règne partagé, Mme Billington se retira entièrement de la scène, quoique ses moyens ne fussent nullement altérés, et Mme Grassini, s'apercevant que sa faveur commençait à diminuer, prit le sage parti de retourner en Italie.

On voit dans ces lignes que l'écrivain, forcé de se rendre à l'évidence et de constater le succès de la Grassini, ne s'y décide que de mauvaise grâce et ne peut pas se résoudre à rendre à la grande artiste la justice qu'elle mérite. C'est là l'expression d'un de ces sentiments personnels avec lesquels il serait oiseux de discuter. Mais d'autres critiques anglais n'hésitaient pas à exprimer sans contrainte leur admiration sans réserve pour la cantatrice. De Quincey trouvait « sa voix mélodieuse au delà de ce qu'il avait

(1) Ceci est inexact. La voix de Mme Grassini ne varia jamais.

(2) L'écrivain se trompe, et sa mémoire est en défaut : Mayr n'a point écrit d'opéra sous ce titre. Celui-ci, je l'ai dit, est de Cimarosa.

jamais entendu », et sir Charles Bell déclarait en 1795 que, seule, « la Grassini donnait l'idée de la puissance de la musique unie au jeu dramatique ». Et il ajoutait, avec un éloge dont on peut apprécier la portée, puisqu'il ne craignait pas de la comparer à la plus illustre tragédienne anglaise : « Non seulement elle *mourait* en scène sans être ridicule, mais avec un effet égal à celui que produisait mistress Siddons. Le *O Dio!* de Mme Billington était une simple mesure de musique; mais avec la voix étrange et presque hors nature de la Grassini, il pénétrait jusqu'à l'âme ». Ailleurs encore, il parle de « sa dignité, de sa vérité et de sa simplicité émouvantes ». Et un autre conclut en disant : « Telle était son influence sur les gens de goût raffiné, non musiciens (1) ».

De ces divers exemples on peut conclure que Mme Grassini ne se contentait pas d'être une cantatrice de premier ordre, mais qu'elle était vraiment une grande artiste et une tragédienne lyrique accomplie. Il est certain que son talent exceptionnel, joint à la beauté de sa voix, produisit sur le public anglais une impression profonde.

Combien de temps resta-t-elle à Londres? On ne saurait le dire au juste; à coup sûr, pourtant, beaucoup plus que le terme de son premier engagement. Son séjour n'y aurait pas duré moins de trois ans, s'il fallait s'en rapporter aux *Réminiscences* de lord Edgecumbe, qui nous apprend, en outre, ainsi qu'on l'a vu, qu'elle était recherchée de toutes parts et reçue dans toutes les réunions *fashionables*. Ce qui paraît certain, c'est qu'elle noua à Londres de véritables amitiés, entre autres avec la charmante Mme Lebrun, qui s'y trouvait à cette époque et qui ne fit pas d'elle moins de trois portraits (2).

(1) Voy. George Grove : *Dictionary of music and musicians*.

(2) Dans la liste, dressée par elle-même, des portraits faits par Mme Lebrun, ils sont catalogués ainsi : « A Londres, 3 portraits de madame Grassini, deux en sultane, l'un en grand, l'autre en petit, plus un buste ». Que sont devenus ces portraits? L'un d'eux serait à Avignon, s'il fallait s'en rapporter à Castil-Blaze, qui le signale ainsi, en son langage ordinaire : — « S'il n'est plus permis d'entendre la voix de Mme Grassini, on peut voir son image à Avignon. Un beau portrait de cette belle cantatrice est au musée de cette ville ». — (*L'Académie impériale de musique*, t. II, p. 80.)

Justement, Mme Lebrun raconte, au sujet de Mme Grassini, un incident tout plein de grâce : c'est alors qu'elle allait quitter l'Angleterre pour rentrer en France : — « Au moment, dit-elle, où j'allais monter dans ma chaise de poste pour me rendre à l'auberge située près de l'endroit où je devais m'embarquer, je vois arriver

GIUSEPPINA GRASSINI EN SULTANE, d'après un des portraits de Mme Lebrun.

la charmante madame Grassini; je crus qu'elle venait simplement me faire ses adieux, mais elle me déclara qu'elle voulait me conduire à l'auberge et me fit monter dans sa voiture, que je trouvai encombrée d'oreillers et de paquets. « Pourquoi tout cela? lui demandai-je. — Vous ne savez donc pas, me dit-elle, que vous allez dans la plus détestable auberge du monde? Vous pouvez y rester huit jours et plus si le vent n'est pas favorable, et mon intention est de rester avec vous ». Je ne saurais dire à quel point je fus touchée de cette marque d'intérêt. Cette belle femme quittait les plaisirs de Londres, ses amis, sans parler de la foule d'admirateurs toujours attachés à ses pas, pour me tenir simplement compagnie. Ce trait me parut bien aimable, aussi ne l'ai-je jamais oublié (1) ».

On n'a aucune espèce de renseignements concernant Mme Grassini en ce qui touche le temps qui s'écoula entre la fin de son séjour à Londres et son retour à Paris, où, comme on le verra, elle fut rappelée par une invitation souveraine. Que fit-elle alors? on ne sait, et ce point d'interrogation reste sans réponse. Ce qui semble hors de doute toutefois, c'est qu'elle ne se fit entendre nulle part à cette époque. Nous verrons tout à l'heure comment et de quelle façon devait se produire sa réapparition dans ce Paris qui était l'objet de toutes ses affections, et où vraisemblablement elle était — sous tous les rapports — heureuse de se retrouver.

On sait la préférence que l'empereur Napoléon manifesta toujours, au détriment de l'art et des artistes français, pour la musique et les musiciens italiens. Déjà, en 1802, n'étant encore que premier consul, mais jouant d'avance au souverain et voulant se former une chapelle, il avait, sur sa grande renommée, appelé à Paris Paisiello pour organiser cette chapelle et en prendre la direction. Paisiello était effectivement alors à l'apogée de sa gloire et dans toute la puissance de son génie séduisant et plein de grâce. Acclamé de toutes parts en Italie, où il marchait en triomphateur, il avait fait applaudir à Rome, à Bologne, à Venise, à Naples, à Turin, à Milan, toutes ces œuvres charmantes qui l'avaient placé au premier rang des compositeurs de son pays : *la Bella Pescatrice, l'Idolo cinese, la Frascatana, il Marchese di Tulipano, il Re Teodoro, le Due Contesse, Nina, la Molinara*..., et son séjour à Saint-Pétersbourg, où l'avait appelé l'impératrice Catherine, avait mis le comble à sa renommée. Pourtant, il ne devait pas rester longtemps ici. Dès son arrivée à Paris il s'était occupé, sur le désir et le conseil

(1) *Souvenirs de Mme Vigée-Lebrun.*

du premier consul, d'écrire un grand ouvrage pour l'Opéra, *Proserpine*, qui, représenté sur ce théâtre le 29 mars 1803, n'avait obtenu du public qu'un accueil très réservé. Accoutumé aux triomphes et froissé d'un insuccès que, naturellement, il considérait comme injuste, Paisiello prit prétexte de l'état de santé de sa

PAISIELLO,
d'après le tableau de Mme Lebrun au musée du Louvre.

femme, à laquelle, disait-il, le climat de Paris n'était pas favorable ; il demanda son congé et partit, pourvu d'une bonne pension, aux premiers jours de 1804. Cependant, devenu empereur, c'est encore à un artiste italien, à Paër, l'auteur de *l'Agnese* et de *Griselda*, que Napoléon voulut confier la direction non plus de sa chapelle, qu'il avait confiée à Lesueur, mais de sa musique particulière, comprenant le service des grands concerts de la cour et des représentations italiennes qui devaient avoir lieu avec un grand luxe, tantôt aux Tuileries, tantôt à Saint-Cloud ou au palais de

Fontainebleau, suivant les circonstances. La chose se fit de telle sorte et dans des conditions si singulières qu'elle mérite d'être racontée.

C'était à la fin de 1806. Après la campagne de Prusse, qui s'était terminée par le coup de foudre d'Iéna, Napoléon, se mettant à la recherche de l'armée russe, s'était rendu à Dresde et avait eu l'occasion d'assister en cette ville à la représentation d'un opéra nouveau de Paër et l'un de ses meilleurs ouvrages, *Achille*, qui lui plut beaucoup. Il songea aussitôt, bien qu'il eût alors d'autres sujets de distraction, à « s'emparer » du compositeur pour en faire le directeur de sa musique. Mais Paër, qui avait succédé à Naumann comme maître de la chapelle royale, était au service du roi de Saxe. Cela n'était pas pour embarrasser l'autocrate devant qui tout tremblait et qui ne connaissait aucun obstacle à sa volonté. Il exprima au roi de Saxe un désir qui équivalait à un ordre, et celui-ci s'empressa de rendre sa liberté à Paër. Le compositeur n'avait plus alors qu'à obéir, comme son souverain, et Napoléon, qui lui avait fait connaître les avantages d'ailleurs très réels de la situation qu'il lui offrait, l'emmena à Varsovie pour organiser quelques concerts, jusqu'au jour où il le ramènerait en France avec lui. C'est à Varsovie que fut rédigé et signé l'engagement qui attachait l'artiste à l'empereur en qualité de compositeur et de directeur de sa musique particulière, engagement dont voici le texte et la teneur :

Le soussigné Charles-Maurice Talleyrand, Prince de Bénévent, grand chambellan de S. M. l'empereur des Français, roi d'Italie, déclare par la présente avoir engagé M. Paër en qualité de compositeur de la musique de la chambre de S. M. l'empereur des Français, roi d'Italie, aux conditions suivantes :

Article I. — M. Paër dirigera la musique des concerts et du théâtre de la cour, et composera toutes les pièces de musique qui lui seront commandées par ordre de S. M. impériale.

Art. II. — Il jouira d'un traitement annuel de 28.000 francs, lesquels lui seront payés en douze parties égales, de mois en mois.

Art. III. — L'engagement que prend M. Paër est pour toute la durée de sa vie, et il conservera en conséquence, sa vie durant, le titre de compositeur de la chambre de S. M., ainsi que le traitement ci-dessus mentionné.

Art. IV. — Il entrera en jouissance de son traitement à dater du 1er décembre 1806, époque à laquelle son service a commencé.

Art. V. — Lorsque M. Paër devra suivre la cour dans ses voyages, il recevra une indemnité de 10 francs par poste et de 24 francs par jour.

Art. VI. — Il lui sera accordé, chaque année, un congé pendant les mois de Mai, Juin, Juillet et Août.

Art. VII. — M. Paër recevra pour frais de voyage de Varsovie à Paris la somme de 3.000 francs. Le voyage de Dresde jusqu'à Varsovie ayant été fait par ordre de S. M. impériale et royale, il en sera dédommagé conformément à l'article V.

En foi de quoi le présent engagement a été expédié double, et expédition en sera donnée à la partie contractante.

Varsovie, le 14 Janvier 1807.

Charles-Maurice Talleyrand, prince de Bénévent,
Ferdinand Paër.

Approuvé.

NAPOLÉON.

Par l'empereur,
Le ministre secrétaire d'État,
Hugues B. Maret.

Il est probable que l'idée d'avoir une musique particulière ne s'était pas présentée tout d'un coup à l'esprit de l'empereur, à la seule vue de Paër, et qu'elle avait dû germer déjà dans son cerveau. Ce n'est pas qu'il fût absolument féru de musique, et nul ne l'ignore. Mais, s'efforçant en tout d'imiter l'ancienne monarchie, il s'était, nous l'avons vu, constitué une chapelle, à la tête de laquelle il avait placé Paisiello, et il prétendait avoir aussi sa « musique de la chambre ». Mais ce n'était pas tout que d'avoir un directeur pour cette musique, qui n'existait pas encore; il fallait à ce chef donner des soldats, c'est-à-dire lui fournir les chanteurs destinés à former le personnel des concerts et des représentations qu'il était appelé à diriger. C'est alors qu'à cet effet furent appelés à Paris un

PORTRAIT DE PAËR,
dessiné par Pasini, gravé par Rosaspina.

certain nombre d'artistes fameux, dont les premiers furent, avec la Grassini et Crescentini, le ténor Brizzi et Mme Paër, femme du compositeur, qui était elle-même une cantatrice distinguée. A ceux-là vinrent se joindre, entre autres, Crivelli, Tacchinardi,

Mme Festa, Mme Barilli, Mme Camporesi, qui appartenaient aussi au Théâtre-Italien. Quant à Mme Grassini et à Crescentini, évidemment considérés comme des « étoiles », si le mot eût été alors inventé, il leur était formellement interdit, par une clause de leur engagement, de se faire entendre ailleurs qu'aux concerts et aux représentations de la Cour. Le Maître prétendait jouir seul de leurs talents — avec ses invités. Fétis croit pouvoir assurer, en ce qui concerne Mme Grassini, que ses appointements étaient de 36.000 francs, auxquels venaient se joindre une gratification annuelle de 15.000 francs. M. Cipollini, s'appuyant sur les papiers de la cantatrice qui sont en sa possession, croit que ces chiffres sont au-dessous de la vérité. « On a parlé, dit-il, d'un traitement fixe de 36.000 francs et de 15.000 francs de gratification, et ces chiffres ne s'accordent pas absolument avec les autographes des contrats que je possède; mais eussent-ils été doubles qu'ils auraient à peine suffi pour une femme comme elle, d'une extrême élégance, qui vivait splendidement à la cour, non seulement avec le titre de première cantatrice de Sa Majesté l'Empereur et Roi, mais avec cet autre titre de *comtesse* (!), pour n'être inférieure à aucune dame du Palais Impérial. » Si ce dernier fait est exact, il y a là la révélation d'un petit détail particulier, absolument inconnu jusqu'à ce jour aux biographes de la Grassini (1).

Quoi qu'il en soit, voici Mme Grassini de retour à Paris après plusieurs années d'absence, et certain fait, qui sera mentionné plus loin, permet de supposer que ce n'est pas seulement pour son talent qu'elle y avait été rappelée par une volonté à laquelle elle

(1) A propos d'un des chanteurs de la cour, le ténor Brizzi, dont on vient de voir le nom, je trouve, dans la *Gazette Musicale* du 12 Septembre 1852, la nouvelle bizarre que voici : — « L'ex-chanteur Brizzi, âgé aujourd'hui de quatre-vingt-un ans, qui habite depuis longtemps Munich, avait reçu de l'empereur Napoléon une pension viagère qui ne lui fut payée ni par la Restauration, ni par Louis-Philippe. Brizzi a fait valoir ses titres auprès du Prince-Président (futur Napoléon III), et la pension lui a été rendue. » En voilà un à qui l'âge n'avait pas fait perdre la mémoire !

était loin de chercher à se soustraire. Elle était alors dans tout l'éclat non seulement de ce talent merveilleux, mais de sa beauté rayonnante et majestueuse, dont chacun subissait l'irrésistible séduction. « Figure admirable, dit un écrivain italien, tout empreinte de voluptueuse et magnétique langueur, lignes d'une suavité délicieuse, attrait enchanteur dans les mouvements, *e'l cantar che nell' anima si sente* (1). » Ce qui est certain, c'est que ses succès aux spectacles de la cour furent absolument extraordinaires. Elle excitait l'enthousiasme, particulièrement lorsqu'elle se montrait avec Crescentini dans un de ces ouvrages où l'on peut dire que, excités chacun par leur supériorité, ils se surpassaient l'un et l'autre, comme le *Roméo et Juliette* de Zingarelli et *les Horaces* de Cimarosa. Là, les deux grands artistes étaient vraiment incomparables, non seulement comme chanteurs, mais aussi sous le rapport de leurs superbes qualités scéniques et de la puissance de leur sentiment pathétique, qui procuraient aux auditeurs une émotion indescriptible. On raconte que l'empereur, en proie à cette émotion, disait, en entendant ainsi la Grassini dans le chef-d'œuvre de Cimarosa, par lui-même si émouvant : « Elle excite en moi l'héroïsme! » Et grâce à elle, on prenait même le change sur la valeur médiocre des ouvrages expressément écrits par Paër pour le théâtre de la cour, et qui étaient loin de la valeur des belles œuvres que naguère il avait répandues sur toutes les scènes de l'Italie. Particulièrement dans *Didone* et dans *Cleopatra*, elle produisait une impression indéfinissable.

C'est à propos de *Roméo et Juliette* que Mme de Bawr écrivait ces lignes sur Mme Grassini dans ses *Souvenirs* : — « Belle comme un ange, Mme Grassini joignait à une taille charmante, à un visage ravissant, un talent admirable comme cantatrice. Sa voix était un magnifique contralto, auquel un travail assidu avait joint quelques

(1) C'est le vers célèbre de Pétrarque.

cordes hautes fort belles. Sa méthode était celle qui s'est complètement perdue depuis que l'école grandiose n'existe plus, et que l'on n'enseigne ni à poser largement les sons, ni à prononcer, ni à chanter le récitatif... Pour comprendre ce que je viens de dire,

PORTRAIT DE MAYR.

il ne faut que se rappeler Mme Pasta, qui avait reçu des leçons de sa tante, la Grassini, ou se rappeler la Grassini elle-même. Beaucoup de personnes existent encore qui ont assisté aux représentations de la cour, du temps de l'empereur; toutes peuvent dire ce qu'était l'opéra de *Roméo et Juliette*, chanté par elle et Crescentini (1). »
Et Fétis, rappelant Crescentini dans cet ouvrage, s'exprime ainsi

(1) Mme de Bawr se trompe en faisant de Mme Pasta la nièce de la Grassini, qui, d'ailleurs, lui donna effectivement des leçons et d'utiles conseils; elles n'étaient point parentes. Mais la Grassini eut deux nièces à qui elle transmit les traditions du *bel cantar che nell' anima si sente* et qui surent en profiter, l'une surtout, pour atteindre à une puissante et légitime renommée : c'était les deux sœurs Giuditta et Giulia Grisi, filles de sa sœur Giovanna.

à son sujet : — « Quelques personnes se rappellent encore avec enthousiasme l'impression profonde que ce grand artiste produisit dans une représentation de l'opéra de *Roméo et Juliette* qui fut donnée aux Tuileries en 1808. Jamais le sublime du chant et de l'art dramatique ne fut poussé plus loin. L'entrée de Roméo au troisième acte, sa prière, les cris de désespoir, l'air *Ombra adorata, aspetta,* tout cela fut d'un effet tel que Napoléon et tout l'auditoire fondirent en larmes, et que, ne sachant comment exprimer sa satisfaction à Crescentini, l'empereur lui envoya la décoration de l'ordre de la Couronne de fer, dont il le fit chevalier. » On conçoit l'admiration que de tels artistes pouvaient exciter.

Le répertoire des théâtres de la cour était assez considérable. Avec ceux que j'ai déjà cités, on peut encore mentionner, entre autres ouvrages qui en faisaient partie, *Merope*, de Nasolini, *Griselda* et *l'Agnese*, de Paër, *i Misteri Eleusini*, de Mayr, et surtout *Pimmalione*, de Cherubini, qui fut encore, pour Crescentini et la Grassini, l'objet d'un succès éclatant. Outre *Didone* et *Cleopatra*, Paër en écrivit encore deux autres pour ces théâtres : *Numa Pompilio* et *i Baccanti*. Ces deux derniers ne produisirent qu'un effet médiocre; il n'en fut pas de même, je l'ai dit, de *Didone* et de *Cleopatra*, grâce à leur admirable interprète. « Parmi les rôles que Mme Grassini chanta aux théâtres des Tuileries et de Saint-Cloud, dit encore Fétis, il faut citer surtout celui de *Didone*, que Paër écrivit pour elle, et qu'elle rendait avec un rare talent et une expression dramatique digne des plus grands éloges. « Quant à *Cleopatra*, où son triomphe n'était pas moins complet, elle donna naissance à un incident vraiment singulier, et qui montre à quel point la Grassini prenait peu la peine de dissimuler les relations qu'elle entretenait avec celui qui gouvernait alors la France et l'Europe à sa guise, relations qui étaient d'ailleurs, on peut le dire, de notoriété publique, mais qui auraient pu lui inspirer un peu plus de discrétion. C'est l'aimable compositeur Blangini qui a raconté ce fait, auquel il se trouvait directement mêlé, dans ses *Souvenirs*, rédigés sous sa dictée par son ami Maxime de Villmarest (1) :

... Pendant cette année 1807 je voyais très fréquemment Mme Grassini, dont le monde entier a connu les liaisons avec l'Empereur, liaisons qui remontaient à l'époque du séjour du général Bonaparte à Milan. Elle l'avait suivi à Paris, et depuis elle était attachée au théâtre de la cour, où elle chantait exclusivement, l'empereur ne permettant pas qu'elle ni Crescentini se fissent entendre en public. Je composai alors plusieurs morceaux de chant, accommodés pour la belle voix de madame Grassini. Un jour qu'elle devait chanter dans la *Cleopatra* aux Tuileries devant l'Empereur, elle me donna les paroles d'un air qu'elle voulait y ajouter, pour que je les misse en musique, ce que je fis de mon mieux, et je puis dire à sa satisfaction. Ces paroles étaient de madame Grassini elle-même ; les voici :

Adora i cenni tuoi, questo mio cuor fedele ;
Sposa sarò se vuoi, non dubitar di me.
Ma, un sguardo sereno ti chiedo d'amor (2).

Dans la pièce Cléopâtre parlait à César; mais sur le théâtre madame Grassini, en chantant, tournait souvent ses regards du côté de la loge de l'Empereur ; je ne saurais dire si elle en obtint ce soir-là le *sguardo sereno d'amor.*

Il fallait une singulière audace à la Grassini pour s'affranchir ainsi de toute espèce de réserve, et pour ne pas craindre de mettre ouvertement le public dans la confidence d'une situation qu'après tout celui-ci devait être censé ne pas connaître. Il fallait surtout qu'elle fût bien sûre de l'ascendant qu'elle excerçait sur l'autocrate dont elle n'ignorait pas la puissance, et qui d'un mot pouvait l'obliger à s'éloigner de Paris et de la France. Mais il paraît bien certain que Napoléon éprouvait pour elle une véritable passion qui lui faisait pardonner toutes ses incartades. Peut-être fut-elle

(1) On sait que Blangini était lui-même le cavalier servant — très servant — de Pauline Bonaparte, princesse Borghèse, la plus jeune sœur de Napoléon.

(2) « Mon cœur fidèle recevra tes ordres toujours avec soumission ; je serai ton épouse, si tel est ton désir ; ne doute pas de ma foi. Mais, je t'en conjure, dirige vers moi un regard plein d'amour et de sérénité. »

la seule femme qui l'ait ainsi asservi et subjugué. Son biographe italien va sans doute un peu loin en disant que la face du monde eût pu être changée si la Grassini, follement aimée de Napoléon, avait pu lui donner un héritier. Ce qui semble toutefois ne pas faire de doute, c'est que cette passion de l'empereur pour la cantatrice ne connut point d'intermittences, et qu'elle dura jusqu'au dernier jour de sa puissance (1).

En ce qui concerne la marche du service pour les concerts et les spectacles de la cour, il semble résulter de tout ce que l'on sait à ce sujet que la Grassini était, grâce à la protection qui s'étendait sur elle, absolument reine et maîtresse, et qu'elle faisait tout plier devant ses désirs et ses volontés. L'autorité même de Paër, malgré ses fonctions et le titre dont il était revêtu, n'était devant elle que nominale et devait céder à ses caprices. On raconte qu'elle se plut même, un jour, à le faire enrager et à le mettre aux abois pour une simple question de forme qu'elle avait jugée à propos de soulever. C'était au sujet des études d'un ouvrage nouveau de celuici. Convoquée au théâtre pour une première répétition, elle se dispense d'y assister, sans même prendre la peine de s'excuser. On se rend chez elle pour connaître et lui demander la cause de son

(1) Voici comment s'exprime M. Cipollini : — « La Grassini fut vraiment aimée de Napoléon, et qui sait, si elle avait eu la fortune de lui donner un héritier au trône, ce qu'il serait advenu des choses de ce monde ? Mais, comme Sapho, elle fut une femme forte et inféconde, divine dans la gloire et dans l'amour, *amore figlio della terra e del cielo*. On dit que le grand Corse, dans ses transports avec elle, s'évanouissait, et c'est vrai. Dante aussi s'évanouissait quand il se rencontrait avec Béatrice, et de même Pétrarque en voyant sans voiles celle qui à lui seul paraissait femme... Les grands hommes sont tels en amour ; ils aiment divinement, comme il n'est point donné aux âmes vulgaires. Et si la Grassini, dans les dernières années de sa vie, rappelait, triomphante, que Celui auquel deux siècles, *l'un contro l'altro armati*, s'étaient soumis, avait, comme un enfant, reposé sa tête sur son sein, c'était de sa part orgueil de femme et d'artiste, et non vanité survivant à quelque naufrage de jeunesse, de félicité et de pudeur. » Et l'écrivain nous fait savoir qu'à la suite de la fameuse représentation de *Cléopâtre* et de l'incident curieux dont la Grassini l'avait illustrée, Napoléon, loin de se montrer courroucé, « fit à la diva le don superbe d'un manteau éblouissant et brodé d'or, dont deux fragments se trouvent encore parmi les souvenirs *grassiniens* conservés dans ma famille ».

absence; elle répond que c'est la coutume en Italie de se réunir chez la *prima donna* pour les premières répétitions d'un opéra, et que ce n'est pas à elle de se déranger en semblable circonstance. Paër, fort ennuyé, vient la trouver en personne, et elle lui fait la même réponse; il insiste, en lui faisant observer qu'on est en France et non en Italie, et que les usages ne sont pas les mêmes des deux côtés; rien n'y fait, et elle n'en veut pas démordre. Il fallut enfin, dans cette grave affaire, l'intervention personnelle de l'empereur, qui, grâce à un *mezzo termine*, vint à bout de la résistance obstinée de la cantatrice. Pour mettre un terme au conflit, il fut décidé que la première répétition aurait lieu, comme elle le désirait, chez la *diva*, et qu'ensuite elle consentirait à répéter au théâtre.

Heureusement, tout ceci était de l'espièglerie et de l'enfantillage. La Grassini était, en somme, une femme charmante, malicieuse sans doute et souvent capricieuse, comme toutes les femmes, mais pleine de bienveillance et d'affabilité, et sachant se faire tout pardonner grâce à l'affection qu'elle inspirait. Tout de même, il paraît que l'infortuné Paër eut à en voir de dures avec elle.

Nous avons vu qu'en attachant Crescentini et Mme Grassini à sa musique particulière, l'empereur, voulant se réserver absolument la jouissance du talent de ces deux grands artistes, leur avait formellement interdit de se faire entendre en public et de se produire ailleurs qu'à la cour. Cette règle fléchit pourtant un instant en ce qui concerne la cantatrice, par suite de circonstances particulières. C'était en 1813. L'*Opera buffa*, c'est-à-dire le Théâtre-Italien, dont les représentations avaient lieu alors dans la salle de l'Odéon, sous l'administration d'Alexandre Duval, qui venait de confier la direction de la musique à Paër, subissait une crise grave. Le départ récent et simultané de deux cantatrices aimées du public, Mme Festa et Mlle Neri, suivi presque aussitôt de la mort inattendue de l'adorable Mme Barilli, dont le talent et la grâce enchantaient les spectateurs, venait entraver le répertoire d'une façon fâcheuse et mettait le théâtre dans le plus grand embarras. Il est à supposer qu'en ces circonstances Paër, après avoir obtenu l'agrément de Mme Grassini, qui sans doute n'était pas fâchée de se faire applaudir par le vrai public, demanda l'autorisation, qui lui fut accordée,

PORTRAIT DE CIMAROSA,
d'après le tableau d'Alessandro Longhi, appartenant au prince de Lichtenstein.

de la faire paraître sur le Théâtre-Italien. Ce qui est certain, c'est que, le 6 novembre de cette annnée 1813, Mme Grassini se montrait pour la première fois à ce théâtre en jouant, dans *gli Orazii e Curiazii* de Cimarosa, le rôle d'Orazia, qui avait toujours été l'un des plus beaux triomphes de sa carrière, et qui ne pouvait que lui valoir un nouveau succès. Celui-ci ne lui fit pas défaut. « La célèbre madame Grassini, disait le *Mémorial dramatique*, regardée avec raison comme la meilleure *prima donna seria* qui existe en Europe, ayant daigné céder aux instances de M. Paër, directeur général du Théâtre-Italien, qui désirait parer d'une manière brillante aux malheurs qu'on venait d'éprouver, a obtenu le plus brillant succès dans le rôle d'Orazia ; elle possède une voix délicieuse qui va au cœur, une figure charmante et le rare talent d'une actrice parfaite. Si l'administration connaissait bien ses intérêts, elle devrait faire tous les sacrifices pour l'attacher à l'Odéon (1). Mme Grassini, MM. Crivelli et Tacchinardi, voilà les seuls artistes capables de faire goûter l'opéra sérieux à Paris, et n'en déplaise au rédacteur du feuilleton de la *Gazette de France*, l'opéra sérieux, bien monté et bien exécuté, vaut sans doute l'opéra bouffon (2). »

Cependant ce fut, malgré son succès, la seule apparition publique de Mme Grassini, et elle ne joua pas d'autres ouvrages au Théâtre-Italien. Et je crois bien aussi qu'à partir de ce moment elle n'eut plus guère l'occasion de paraître à la cour. La situation de la France, devenue terrible, n'était pas propice aux fêtes musicales. Les événements politiques se précipitaient, le sol était envahi par les armées étrangères et Napoléon, malgré les prodiges opérés par lui dans cette campagne défensive et qui dépassaient peut-être tout ce qu'il avait fait jusqu'alors, devait succomber sous le nombre et s'ache-

(1) C'est dans la salle de l'Odéon, on l'a vu, que se donnaient alors les représentations de l'Opéra italien.

(2) A propos de cette reprise des *Orazii*, qui restent, dans le genre dramatique, l'un des plus beaux chefs-d'œuvre de Cimarosa, comme, dans le genre bouffe, son *Matrimonio segreto* reste un modèle inimitable, le fameux Geoffroy, feuilletoniste du *Journal de l'Empire*, devenu célèbre par sa platitude et sa vénalité, et qui d'ailleurs aimait et comprenait médiocrement la musique, s'exprimait ainsi sur le compte de l'œuvre et de l'auteur : — « Cimarosa, célèbre par la grâce, osa monter sur le ton héroïque son luth fait pour les amours. Tel qu'Anacréon qui voulait chanter les Atrides et Cadmus, Cimarosa a essayé de chanter les Horaces et les Curiaces ; sa lyre, comme celle d'Anacréon, s'est trouvée trop faible... Il me semble voir dans Cimarosa rival de Corneille un petit Cupidon luttant contre un Hercule. Le musicien essayant des notes sur un sujet si austère me représente l'Amour dans le ballet de *Télemaque*, essayant ses flèches sur la peau dure de Mentor et en émoussant la pointe au lieu de l'enfoncer..... » Il y en a long comme cela, et pourtant l'excèllent Geoffroy avait là une bien belle occasion de se taire.

minait vers son abdication. Dans ces conditions, que devint le personnel de la musique de la chambre? Il fut licencié, sans aucun doute, ou peut-être se dispersa-t-il de lui-même, et spontanément.

Quant à Mme Grassini, elle resta malgré tout à Paris, où sans doute elle se trouvait bien. Elle y était pendant la première Restauration, pendant les Cent-Jours, elle y était encore lors de la seconde Restauration; et ce qu'il y a de bizarre, pour ne pas dire plus, c'est que cette protégée, cette maîtresse de Napoléon, ne tarda pas à devenir, lorsqu'il eut disparu, l'une des plus assidues et des plus intimes de la maison de son vainqueur et de son plus implacable ennemi, lord Wellington. Le fait est déconcertant; mais il n'en est pas moins authentique, et il nous est encore révélé par les *Souvenirs* de son ami Blangini, qui nous le fait connaître en ces termes : — « Je m'étais remis, dit Blangini, à composer des opéras. Je fis représenter à Feydeau *la Sourde-Muette*, opéra-comique en trois actes (1). Le roi de Prusse, qui se trouvait à Paris, assista à la première représentation. Comme je voyais souvent madame Grassini, elle me conduisit chez lord Wellington, où nous fîmes très souvent de la musique; là venait assidûment lord Castlereagh, qui chantait avec nous, et très passablement pour un ministre anglais. Lorsque madame Grassini était en petit comité chez lord Wellington, elle déclamait et chantait des scènes de la *Cleopatra* et de *Romeo e Giulietta*. Seule au milieu du salon, elle faisait des gestes comme si elle eût été sur le théâtre, et à l'aide d'un grand châle, elle se drapait de diverses manières. Je ne me rappelle pas si, dans ces séances, elle chanta les paroles qui finissent par *un' sguardo d'amor;* mais ce que je puis assurer, c'est que lord Wellington était ravi, en extase. Dans ces représentations, j'étais, à moi seul, tout l'orchestre... »

---

(1) Le 20 juillet 1815.

Mme Grassini avait connu précédemment lord Wellington, lors de son séjour à Londres de 1803 à 1806, ce qui expliquerait jusqu'à un certain point l'intimité des relations qu'elle entretint avec lui à Paris. Néanmoins, tout ceci est étrange et ne peut laisser que de provoquer un certain étonnement. Mais il y a dans l'esprit et dans le cœur de la femme un mystère dont nul ne saurait sonder la profondeur.

« Madame Grassini, dit Scudo dans sa notice un peu sommaire, a cessé de chanter en public depuis 1815. Sa voix, affaiblie, l'avertit qu'il était temps d'abdiquer aussi et de clore sa brillante carrière par une retraite volontaire. » Scudo ne fait ici que copier Fétis, qui s'exprime ainsi de son côté : — « Les événements qui renversèrent le trône impérial privèrent Mme Grassini des avantages qu'elle trouvait à la cour de France; mais lorsqu'ils arrivèrent, sa voix avait déjà perdu beaucoup de sa fraîcheur et de son étendue. Elle retourna en Italie, se fit entendre à Milan dans deux concerts au mois d'avril 1817, et cessa bientôt de paraître en public. »

Tout ceci n'est pas absolument exact, et prouve seulement, de la part des deux écrivains, un manque de renseignements qui les a portés à agir par induction. Il n'est pas exact, comme nous le verrons, que Mme Grassini ait songé dès lors à la retraite; et il l'est moins encore qu'elle y ait été forcée par la fatigue ou l'altération de sa voix. La courte, mais triomphante apparition qu'elle fit au Théâtre-Italien et qui lui valut un si grand succès, suffirait à le prouver; et quoique en 1815 la cantatrice fût âgée de quarante-deux ans environ, on peut affirmer que cette voix merveilleuse n'avait encore rien perdu de sa beauté, de sa puissance et de son éclat. Il semble bien probable que si, dès la Restauration, le Théâtre-Italien était tombé en d'autres mains, et plus habiles, que celles de Mme Catalani, il n'aurait pas hésité à s'assurer le concours d'une artiste de cette autorité et de cette valeur.

Mais Mme Catalani, qui avait dépensé tant d'ardeur, de persévérance et d'intrigue pour obtenir de Louis XVIII, dès sa rentrée en France, la direction du Théâtre-Italien avec une subvention considérable, n'avait pris ce théâtre que pour y régner seule et sans partage, pensant que son talent pourrait tenir lieu de tout et suppléer aux vices d'une administration avide, égoïste et déplo-

MADAME CATALANI

rable. « Le résultat de cette administration, dit un critique contemporain, trompa complètement les espérances que l'on avait fondées sur elle, et l'influence du talent de Mme Catalani fut détruite par l'influence de son caractère. Portant toutes les passions et toutes les vanités d'une femme dans le choix des sujets dont elle s'entourait et des pièces qu'elle faisait mettre en répertoire, elle voulait, par son éclat personnel, tout repousser dans l'ombre. » Douée d'une voix enchanteresse et dont le charme exerçait sur l'auditeur une véritable fascination, mais, d'autre part, presque entièrement dépourvue d'accent et de sentiment dramatique, Mme Catalani, qui par ce fait était bien plus une délicieuse chanteuse de concert qu'une vraie cantatrice scénique, ne se rendait pas compte de ce qui lui manquait sous ce rapport, et, fière de ses succès autant que

MADAME CATALANI EN COSTUME DE THÉATRE.

confiante en son incontestable renommée, prétendait dire, comme le superbe héros tragique : — Moi seule, et c'est assez. Jalouse de toute espèce de supériorité, de quelque nature qu'elle fût, décourageant par ses procédés désobligeants tous les artistes dont le talent pouvait exercer quelque action sur le public, ne voulant et ne supportant à ses côtés que des médiocrités avérées (si bien que deux années lui suffirent pour ruiner son entreprise et conduire à sa perte un théâtre naguère si florissant), on conçoit qu'elle se serait bien gardée de faire paraître auprès d'elle une cantatrice aussi admirable que Mme Grassini, dont la renommée seule ne pouvait que lui porter ombrage (1).

Celle-ci put donc se convaincre bientôt qu'il n'y avait plus rien à faire pour elle à Paris; et comme, quoi qu'on en ait dit, elle n'avait nullement l'intention de renoncer encore à sa carrière et à ses succès, elle ne tarda pas à reprendre le chemin de l'Italie, où ses compatriotes, qui ne l'avaient pas entendue depuis longtemps, mais qui ne l'avaient pas non plus oubliée, allaient la recevoir avec enthousiasme. Quittant, non sans regret, cette France qu'elle aimait et où, choyée et admirée de tous, elle avait vécu tant d'années, elle se dirigea d'abord sur Milan. C'est là que nous la retrouvons dès les premiers mois de 1817, donnant en soirées extraordinaires au théâtre de la Scala, les 11 et 25 avril, deux superbes concerts qui furent une sorte d'événement et qui la firent acclamer du public avec une véritable frénésie. Elle chanta

(1) « En 1816, dit Fétis (dans sa notice sur Mme Manvielle-Fodor), Mme Catalani ayant obtenu le privilège de l'Opéra italien, transporta ce spectacle au théâtre Favart. Mme Fodor y fut engagée avec Garcia, Crivelli, Porto, etc.; mais bientôt ces artistes, abreuvés de dégoûts par la prétention de la directrice, qui voulait briller seule et ne voyait qu'avec peine des talents réels auprès d'elle, ces artistes, dis-je, résilièrent leurs engagements et se rendirent à Londres... » En fait, Mme Catalani, que sa voix superbe et son talent distingué n'empêchèrent pas d'être une pitoyable directrice, Mme Catalani, qui avait mis tant d'âpreté à obtenir le privilège du Théâtre-Italien, et qui avait ouvert ce théâtre le 31 octobre 1815 (et non 1816), fut obligée, à la suite d'une administration déplorable, d'en fermer brusquement et prématurément les portes le 30 avril 1818.

A propos de Mme Catalani, un souvenir personnel. Me trouvant à Pise, il y a longtemps déjà, et visitant le *campo santo*, je vis, sous les portiques, un riche monument funéraire, signé *Castoli* et portant cette inscription, que je relevai exactement :

Angelica Catalani
nata in Sinigaglia l'anno 1785
morta a Parigi nel 1849
Eretto dai suoi tre figli alla sua gloria e alle sue virtù.

Comment se fait-il que la tombe de Mme Catalani, née à Sinigaglia et morte à Paris (du choléra, pendant la terrible épidémie de 1849), se trouve à Pise, c'est ce que je ne saurais dire; mais l'inscription ci-dessus rectifie la date de naissance de la célèbre cantatrice donnée par Fétis, qui la fixe au mois d'octobre 1779.

surtout, dans ces deux concerts, divers fragments des *Orazii* de Cimarosa, en compagnie de l'excellent ténor Banderali et de la signora Grassini-Trivulzi (1). La *Gazzetta di Milano*, rendant compte de ces deux soirées, disait qu'elles étaient pour la célèbre cantatrice un triomphe d'applaudissement universel de la part d'un public qui « reconnaissait en elle l'artiste sans pareille et sans rivale ».

On peut s'étonner qu'en présence d'un tel triomphe, le théâtre de la Scala ne se soit pas efforcé de retenir Mme Grassini et de l'offrir de nouveau à son public dans des conditions plus normales, c'est-à-dire en la présentant dans quelques-uns des ouvrages qui mettaient en relief toute la grandeur de son talent si émouvant et si puissamment dramatique. Cela paraît en effet singulier. Il est certain néanmoins que la Scala ne l'entendit plus jamais.

C'est alors qu'elle commença à parcourir l'Italie au bruit des acclamations et des bravos qui jamais ne cessèrent de l'accueillir. On ne saurait la suivre pas à pas dans cette dernière et brillante partie d'une carrière dont les jours ne se comptent que par les succès; il faut se contenter d'en marquer simplement quelques étapes, parmi les plus importantes. C'est, comme à Milan, par un concert superbe qu'elle reparaît à Venise, concert qu'elle donne, en septembre 1817, au théâtre Vendramin San Luca, et qui attire une foule énorme et enthousiaste. A signaler ensuite, en 1819, sa présence à Brescia, où elle chante *la Morte di Cleopatra* de Nasolini, ayant à ses côtés une jeune artiste alors à son aurore, à qui elle s'intéresse assez pour lui donner de précieux conseils, et qui devait profiter assez de ces conseils pour conquérir bientôt elle-même la célébrité sous le nom de Giuditta Pasta. C'est avec une

(1) Cette Grassini-Trivulzi était une sœur de Giuseppina, douée comme elle, paraît-il, d'une voix admirable, mais qu'elle ne cultiva que pour son seul agrément, et qui ne parut jamais en public qu'en cette seule circonstance, pour faire plaisir à sa grande sœur. On ne connaîtrait même pas le fait, s'il n'était mentionné dans le Répertoire de la Scala de Pompeo Cambiosi.

sorte de délire, dit un chroniqueur, que les Brescians accueillirent la Grassini sous les traits de Cléopâtre, superbe sous le diadème royal qui couronnait son beau front, et portant avec majesté un riche manteau, aux plis pleins d'ampleur, dont toute autre qu'elle eût été écrasée. On remarqua surtout, non seulement que sa voix était toujours aussi puissante et aussi belle, mais que son articulation était d'une extrême pureté, malgré le long séjour qu'elle avait fait à l'étranger. En 1820 elle est à Padoue, où elle déploie toute la magnificence de son incomparable sentiment dramatique dans une interprétation émouvante de la *Fedra* d'Orlandi. En 1822 elle excite encore des transports d'admiration au Grand-Théâtre de Trieste. Et enfin, en 1823, elle fait ses adieux au public en se montrant à lui une dernière fois à Florence, dans la *Cleopatra* de Paër, qui avait toujours été l'un de ses plus grands triomphes — et qui avait donné lieu au fameux incident que Blangini nous a fait connaître.

Cette fois c'était bien fini, fini pour toujours, et désormais on n'entendrait plus le bel oiseau chanteur — et enchanteur, Giuseppina Grassini venait d'accomplir sa cinquantième année, il y en avait trente-six qu'elle courait le monde en lui livrant les trésors de sa voix admirable, et quoique la femme fût belle encore en son crépuscule commençant, elle sentait que cette voix, qu'elle avait habituée à l'obéissance, ne laissait pas que de fléchir parfois devant sa volonté; ne voulant pas déchoir, elle eut la sagesse de la condamner au repos et résolut de renoncer définitivement aux succès qui n'avaient cessé d'embellir sa magnifique carrière artistique, ces succès qu'elle avait recherchés avec une sorte de fureur, et qu'elle avait toujours justifiés à l'aide d'un travail opiniâtre et persévérant. Cette longue carrière était à jamais terminée, ne laissant après elle que le souvenir d'une des plus grandes artistes qu'ait jamais enfantées cet art du *bel canto italiano* qui, lui-même, n'est plus aujourd'hui qu'un souvenir.

Et alors, jetant un long regard en arrière, évoquant son passé glorieux, elle put se consoler du silence devenu inévitable en se rappelant avec joie les beaux jours écoulés; en se souvenant des transports d'enthousiasme qu'elle excita de toutes parts, dans sa

PORTRAIT DE PORTOGALLO.

patrie d'abord, à Milan, à Venise, à Naples, à Bologne, à Ferrare, des acclamations qui l'accueillirent ensuite en France et en Angleterre, à Paris et à Londres; des louanges qu'elle s'attira de la part des artistes illustres dont elle fut appelée à défendre les œuvres devant le public : Cimarosa, Zingarelli, Portogallo, Mayr, Paër, Cherubini, heureux de l'avoir pour interprète dans *gli Orazii e Curiazii*, *Artemisia*, *Artaserse*, *Romeo e Giulietta*, *Demofoonte*, *Alceste*, *Telemaco*, *Didone*, *Cleopatra*, *Pimmalione*... En rassemblant ainsi ses souvenirs, en songeant aux hommages qui pendant tant d'années lui furent prodigués partout et par tous, elle put se dire que jamais existence d'artiste ne fut plus brillante, plus enviable et plus digne de regrets.

V

Créature adorable et privilégiée, la Grassini était, sous tous les rapports, l'une des femmes les plus séduisantes qui se puissent imaginer. Douée d'une beauté rare, brune, avec des yeux noirs et brillants dont l'éclat merveilleux était tempéré par la limpidité d'un regard empreint de bienveillance, elle avait le front élevé, le nez fin, la bouche mignonne et délicatement dessinée, et sa physionomie expressive et mobile était encore relevée par le teint chaud et animé des Milanaises. Et le corps n'avait rien à envier au visage. L'élévation relative de la taille, la souplesse en quelque sorte vigoureuse du buste, dont les proportions souverainement harmonieuses permettaient d'admirer, avec la beauté des bras, l'opulence des épaules et l'attache merveilleuse du col, s'unissaient chez elle à des mouvements d'une aisance exquise et à une démarche dont l'élégance était pleine de noblesse. Par-dessus tout, et pour compléter l'ensemble, une grâce charmante et un sourire enchanteur.

Telle était la femme. Pour ce qui est de l'artiste, nous avons appris à la connaître et par ses succès et par le témoignage de ses contemporains. Nous savons qu'elle était douée d'une voix admirable, qui joignait à une rare étendue un timbre d'une pureté et d'un éclat superbes, que cette voix exceptionnelle tenait de la nature cette faculté si précieuse et si rare, le don de l'émotion, et que chez elle l'habileté de la cantatrice était doublée d'un sentiment pathétique et passionné qui confinait à l'héroïsme et qui savait, tantôt exprimer la fureur, tantôt arracher des larmes. Nous avons vu l'impression prodigieuse qu'elle produisait avec un autre grand artiste, Crescentini, quand tous deux se montraient ensemble, comme dans le *Roméo et Juliette* de Zingarelli et dans *les Horaces* de Cimarosa. Ses succès ininterrompus dans sa longue carrière de trente-cinq années démontrent d'ailleurs suffisamment la puissance de ce talent plein de chaleur et ne laissent aucun doute sur l'action qu'il exerçait. Nous pouvons tenir pour certain que la Grassini fut, non seulement une cantatrice de premier ordre, mais une grande tragédienne lyrique, et l'une des plus grandes peut-être dont on ait conservé le souvenir.

Scudo, qui avait eu la bonne fortune de l'entendre un jour, en petit comité, alors que depuis longtemps elle avait dit adieu au public, racontait ainsi l'impression qu'il en avait reçue : — « J'ai eu le plaisir de voir et d'entendre madame Grassini. C'était à Paris, dans un salon particulier, où elle chanta cet air des *Horaces* de Cimarosa :

> Quelle pupille tenere
> Che brillano d'amor...

sa voix, magnifique, que le temps avait déjà ternie, son style, soutenu, et sa manière incomparable de phraser, me sont restés dans la mémoire comme un idéal du bel art de chanter. Quand on a rencontré une seule fois dans sa vie de pareils talents, il est difficile de se prêter à l'enthousiasme qu'excitent de nos jours tant d'artistes médiocres. »

Et Fétis dit de son côté : — « Sa voix, contralto vigoureux et d'un accent expressif, ne manquait pas d'étendue vers les sons élevés, et sa vocalisation avait de la légèreté, qualité fort rare dans les voix fortement timbrées. L'avantage qu'elle eut de chanter à ses débuts avec les premiers artistes de son temps, c'est-à-dire Marchesi et Crescentini, donna à son talent un caractère de grandeur et de perfection inconnu maintenant, parce que les modèles manquent. » Et il ajoute : « Sa voix égale et pure dans toute son étendue, sa belle et libre émission du son, sa grande manière de phraser, sont encore présentes à ma mémoire. »

Lorsqu'elle eut pour jamais dit adieu à la scène et à ses triomphes, Mme Grassini résolut de venir fixer sa résidence à Paris, où elle avait été choyée et adulée pendant tant d'années, et où elle était toujours heureuse de se retrouver au milieu d'amis que charmaient son talent et sa grâce toujours bienveillante. « Nous savons, dit à ce sujet M. Cipollini, qu'elle était aimée de tous et désirée de tous dans les salons parisiens les plus aristocratiques ; et outre les témoignages de mille écrivains, nous conservons toute une collection d'invitations à elle adressées pour des soirées ou des concerts chez le duc de Rovigo, Lucien Bonaparte, le duc de Choiseul, le comte et la comtesse de Peralda, le général Berthier, madame Hope, la princesse Wolkonsky, etc., et à cette collection sont joints en foule des sonnets, des acrostiches, des odes en son honneur, tant manuscrits qu'imprimés. » On conçoit donc facilement qu'elle eût conservé un bon souvenir de ce Paris qui l'avait rendue si heureuse. Son intention bien formelle était donc de s'y fixer définitivement, et j'en trouve la preuve certaine dans une lettre d'elle datant précisément de l'époque de sa retraite. On se rappelle que c'est à Florence qu'elle termina sa dernière tournée et qu'elle donna ses dernières représentations. Or, dans le catalogue d'une très riche collection italienne d'autographes, la collection Succi, se trouve cette analyse d'une lettre de la grande artiste précisément datée de cette époque et qui ne laisse aucun doute sur ses intentions : — « Lettre autographe signée, Florence, 21 Décembre 1822, à son amie Marietta Scutellari, de Ferrare. Longue et affectueuse lettre dans laquelle elle dit le motif qui la conduit à chanter à Florence, se plaint et est surprise du froid extraordinaire qu'il fait ici, déplore la mort *del sublime Canova*, et, démentant le bruit qui court qu'elle voulait s'établir à Bologne, ajoute : « Je ne puis avoir d'autre résidence ailleurs qu'à Paris *(altra residenza io non posso avere altrova che a Parigi)* (1). » On voit que sa détermination ne fut pas le fait du hasard, et qu'elle était bien arrêtée dans son esprit.

Toutefois elle vint, en fin de compte, à partager son existence entre Paris et Milan, voyageant sans cesse d'un pays à l'autre, et effectuant ces voyages dans une voiture à elle, qu'elle avait sans doute fait construire à son intention, et dont nous connaîtrons plus loin la fin lamentable, causée par les fureurs populaires. Il m'a été impossible, malgré mes recherches, de trouver aucun détail sur ses séjours à Paris; mais j'ai acquis pourtant la preuve qu'elle s'y trouvait encore en 1841. Cette preuve m'est donnée par une nouvelle lettre d'elle, qui fait partie de ma collection d'autographes, et qu'elle adressait à cette époque à Mme Georgette Ducrest, la nièce de Mme de Genlis et l'épouse infortunée du trop fameux harpiste et compositeur Charles Bochsa, pour s'excuser de ne pouvoir placer des billets pour son concert. Mme Grassini était alors âgée de soixante-huit ans, et l'on peut voir, par la reproduction ci-contre de cette lettre, que son écriture était encore très ferme et son français très correct.

Il est probable que pendant ses séjours à Paris elle était entourée d'un cercle de vieux amis et d'artistes dont la présence lui rappelait avec joie ses triomphes passés. Elle y retrouva certainement Paër, devenu compositeur de la musique du roi, professeur de chant de la duchesse de Berry et membre de l'Institut, Paër, que ses taquineries avaient rendu naguère si malheureux et que le succès de son *Maître de chapelle* à l'Opéra-Comique ne put cepen-

(1) *Catalogo degli autografi posseduti da Emilia Succi*, Bologna, 1888. — Ce « bruit » qui courait qu'elle voulait s'établir à Bologne provenait peut-être de ce fait que son mari — car, ce qu'on ne sait guère, c'est que la Grassini fut mariée — demeurait précisément alors à Bologne. Cet époux, dont la physionomie est singulièrement effacée, s'appelait Cesare Ragani et, selon ce qu'en dit M. Cippolini, était « officier et garde d'honneur de Napoléon ». C'est un article sur Giulia Grisi, publié dans *le Monde dramatique* (T. VII, 1839), qui m'a appris que, justement à cette époque, 1823, il habitait Bologne. Mais il est probable que Mme Grassini ne recherchait nullement sa société — au contraire.

dant encourager à travailler davantage pour ce théâtre. Elle y dut voir aussi Mme Pasta, qui avait presque débuté à ses côtés, qui

Mad.e Grassini, présente ses complimens très distingués, à madame Ducrest, et la prie de croire au vif regret qu'elle éprouve de se voir dans l'impossibilité de pouvoir placer les billets que madame Ducrest lui a envoyé pour la matinée musicale de dimanche prochain. Le nombre de concerts que l'on a donnés cette année a été si considérable, que tout le monde refuse de prendre d'autres billets — Mad.e Grassini, saisit cette occasion, pour offrir à madame Ducrest, ses civilités empressées, ainsi que l'expression de sa parfaite considération.

Paris 26 mars 1841

AUTOGRAPHE DE LA LETTRE DE Mme GRASSINI A Mme GEORGETTE DUCREST.

avait profité de ses conseils et qui triomphait alors au Théâtre-Italien, entre autre dans ce *Romeo e Giulietta* de Zingarelli qui devait remuer en elle tant de souvenirs. Enfin, elle assista assurément aux débuts éclatants à ce théâtre de ses deux nièces, Giuditta et Giulia Grisi, dont elle avait fait l'éducation musicale, et dont la seconde surtout se montrait digne d'elle par son talent pur, noble et passionné (1).

Si nous n'avons point de détails précis en ce qui concerne son existence à Paris, nous sommes mieux informés, grâce à M. Cipollini, sur celle qu'elle menait à Milan, et c'est à ce dernier que je vais emprunter à ce sujet quelques renseignements intéressants.

Mme Grassini habitait à Milan le second étage d'une maison, *la casa Arese*, située au *largo San Babila*. Là se rendaient en foule, pour lui rendre hommage, tout ce que Milan comptait de célébrités et d'hommes distingués en tout genre : écrivains, peintres, compositeurs, artistes de toute sorte, italiens ou étrangers. La conversation chez elle était brillante, et ceux qui l'approchaient trouvaient surtout piquant, de sa part, certain mélange amusant de mots français et italiens qui caractérisait son langage et le rendait particulièrement savoureux et original. Parmi les plus assidus de ses visiteurs se trouvaient Rossini et Bellini, dont elle admirait le génie. Et comme un jour l'auteur du *Barbier* lui exprimait son étonnement de la voir logée au second étage, dans un simple appartement de location d'une maison particulière : « Certainement, lui dit-elle, je pourrais être propriétaire du plus beau palais de Milan si j'avais été avare et amie de l'argent, mais ce n'était point mon cas. » C'est qu'en effet elle était loin d'être avare, et de plus, comme le dit son biographe italien, la bonté de son cœur et sa générosité d'âme s'unissaient pour être utile à autrui, et elle venait en aide à toute une foule de parents et d'amis qui avaient recours à elle (2).

(1) Ses conseils, dit M. Cipollini, contribuèrent à conserver la tradition de l'ancienne école classique du chant, non seulement chez la Pasta, mais chez ses deux nièces, Giuditta et Giulia Grisi, filles de sa sœur Giovanna, qui plus tard devinrent dignes de leur tante.

(2) Et Mme de Bawr, qui l'avait connue à Paris dans tout son éclat, vantait aussi sa bonté naturelle : — « La Grassini était une excellente femme ; elle ne se servait du crédit

Il va sans dire que, comme à Londres, comme à Paris, Mme Grassini était à Milan recherchée de tous côtés et qu'elle était l'objet de toutes les attentions. « On la désirait, nous dit encore son biographe italien, dans les familles les plus distinguées, les Melzi, les Borromeo, les Somaglia, les Dandolo, les Ottolini, etc., et dans tous les cercles artistiques, où elle ne se faisait pas prier pour chanter. Par exemple, elle n'aimait pas la musique de Verdi, et ne pouvait comprendre l'enthousiasme qu'elle excitait; mais la divine mélodie de Bellini lui parlait à l'âme, et la Grisi, qui avait été une superbe interprète de *Norma*, lui céda un jour, pour satisfaire un intime désir de sa tante, la miniature du portrait de Bellini qu'elle avait eue de lui-même à Venise, dans l'enthousiasme des *Capuleti ed i Montecchi*. »

C'est dans cette sereine atmosphère de respect général, de vénération artistique, d'affection et d'amitiés de toute sorte dont elle était entourée, que la Grassini vit s'écouler paisiblement ses dernières années dans cette noble ville de Milan, théâtre de ses premiers triomphes, où doucement elle s'éteignit, en son appartement de la *casa Arese*, le 3 janvier 1850. En dehors de l'Italie, sa mort ne causa que peu d'émotion, parce que la grande artiste était depuis longtemps oubliée, et en France, particulièrement, elle ne fut l'objet que de courtes notices, d'ailleurs assez inexactes.

Mais, dans ses notes récentes, M. Cipollini a donné, au sujet de sa mort et de la distribution de sa fortune, des détails trop intéressants pour que je puisse me dispenser de les reproduire textuellement ici : — « Giuseppina-Maria-Camilla Grassini s'éteignit,

dont elle a joui en France et en Angleterre que pour rendre service aux artistes..... Elle était fort dépensière ; autrement, la fortune que lui avait faite l'empereur, et dont ses amis lui sauvèrent non sans peine une partie, aurait pu la faire vivre dans ses derniers jours comme la plus grande dame. Il faut d'ailleurs dire à son éloge que sa générosité et sa bienfaisance n'avaient point de bornes, et que si elle dépensait par an quinze ou vingt mille francs pour sa toilette, elle en donnait au moins autant à des malheureux. »

dit-il, à 77 ans, à Milan, le soir du 3 janvier 1850 (1) ; elle eut de solennelles funérailles dans l'église de San Babila et fut inhumée dans le cimetière de *San Gregorio a Porta Orientale*. Elle laissa par testament un grand nombre de legs et de dons précieux à ses parents éloignés et à ses amis de Paris, de Mantoue, de Padoue, de Ferrare, etc. Elle laissa son portrait en miniature peint par le fameux peintre Quaglia (acquis depuis pour 50.000 francs par le Musée de la Scàla) à ses distingués amis Pacchiarotti ; elle laissa à son époux Cesare Ragani, résidant depuis tant d'années en France, à Vincennes, le capital correspondant à 4.000 francs de rente annuelle; 15.000 francs à partager entre les trois personnes attachées à son service ; 2.000 *lire* de Milan aux pauvres de sa *chère Varèse;* le reste de sa fortune, presque un demi-million, à ses deux nièces, filles de son frère Giovanni, déshéritant, à cause d'une indigne intrigue domestique, sa troisième nièce Marianna, mariée à Luigi Grassini. Ce fut un bienfait que la *diva* laissât à son *carissimo fratello* Giovanni (terrible joueur de violon pour les oreilles) l'usufruit général de toute cette fortune, car le bonhomme put ainsi calmer l'âme endolorie de sa bonne et belle fille, injustement frappée, réparant en partie le mal fait; de sorte que la mémoire de la « Dixième Muse » reste chère à tous et de tous est aimée et vénérée. »

Il est question ici de son *carissimo fratello* Giovanni. Il est un autre frère, Carlo Grassini, qui ne fut pas absolument le premier venu, et dont l'existence fut assez mouvementée. Beaucoup plus jeune qu'elle, celui-ci avait seize ans seulement lorsqu'en 1812 il fit, comme *tamburino*, la campagne de Russie à la suite de Napoléon, et « n'y sauva sa peau que par miracle ». Plus tard il se livra à la littérature, publia des nouvelles et des romans, et fit une

(1) Elle n'avait pas tout à fait accompli sa soixante-dix-septième année, étant née à Varèse le 8 avril 1773.

*

grammaire anglaise et française dont le succès fut constaté par un grand nombre d'éditions. C'était un type allègre et de bonne humeur, avec qui sa grande sœur avait plaisir, dans sa vieillesse, à évoquer ses souvenirs, lui disant que l'argent lui avait coûté beaucoup de travail, lui rappelant qu'elle avait considérablement souffert du froid dans les théâtres, surtout en province, et insistant surtout sur l'importance de la lutte qu'elle avait dû soutenir à Londres contre la Billington. Ce qui prouve, entre parenthèses, que son talent ne lui était pas venu tout seul, et qu'il lui avait fallu prendre la peine de l'acquérir (1).

Il existe de nombreux portraits de la Grassini, ce qui ne saurait paraître étonnant si l'on considère, d'une part sa grande renommée, de l'autre sa rare beauté, qui ne pouvait que flatter les peintres, heureux de reproduire les traits d'un tel modèle. Nous avons vu qu'à elle seule Mme Lebrun en fit trois pendant son séjour à Londres en même temps que la cantatrice, dont deux en sultane, l'un en grand, l'autre en petit, et un troisième en buste. Que sont devenus ces portraits? Selon Castil-Blaze, il s'en trouve un au musée d'Avignon; d'autres assurent qu'il en existe un au musée de Rouen. Y a-t-il erreur de l'un ou de l'autre côté? On a dit que le grand peintre anglais Reynolds avait fait aussi, à Londres, le portrait de la Grassini, comme il avait fait celui de sa rivale, la Billington; or, ceci n'est pas possible, la Grassini n'étant allée à Londres qu'en 1803, alors que Reynolds était mort depuis plus de

(1) Un dernier détail, assez curieux, relatif à la voiture dont j'ai parlé plus haut et qui fut une des victimes les plus innocentes du mouvement révolutionnaire de 1848 contre la domination autrichienne : — « En 1848, deux ans avant sa mort, dit M. Cipollini, la Grassini, de la fenêtre de sa chambre à coucher, put voir son carrosse-diligence, qui lui avait servi pour ses voyages de Milan-Paris et *vice versa*, tiré de sa remise, et aller finir ses jours sur la barricade élevée près de la colonne de San Babila, en compagnie des banquettes de l'église. »

dix ans (1). Mais un excellent peintre italien, Andrea Appiani, est l'auteur d'un très beau portrait de notre héroïne, dont on a pu

GIUSEPPINA GRASSINI,
d'après la miniature de Ferdinando Quaglia,
au musée de la Scala, à Milan.

voir une reproduction en tête du présent travail, et qui a été légué par la grande artiste à la Pinacothèque Ambroisienne de Milan;

(1) Justement, à propos du portrait de la Billington, Scudo rapporte cette anecdote :— « Lors du voyage que Haydn fit à Londres, en 1794, il eut occasion de connaître madame Billington, pour laquelle il composa une fort belle cantate, *Ariane abandonnée*. Le grand compositeur se trouvait un jour chez la cantatrice, au moment où le peintre Reynolds venait d'achever un portrait de madame Billington, représentée sous les traits d'une sainte Cécile, les yeux levés au ciel, et écoutant un chœur d'anges qui occupait la partie supérieure du tableau. Madame Billington demanda à Haydn ce qu'il pensait de ce portrait. — Il est ressemblant, répondit le maître, mais j'y trouve un bien grand défaut. — Et lequel ? répondit madame Billington avec inquiétude. Elle craignait que Reynolds, qui était présent à ce dialogue, ne fût blessé de la restriction. — Le peintre, continua Haydn, vous a représentée écoutant la musique des anges, tandis qu'il aurait dû peindre les anges écoutant votre voix enchanteresse. » — La galanterie d'Haydn est gracieuse, sans doute; mais Scudo n'oublie qu'une chose, c'est qu'en 1794, date de l'anecdote, Reynolds était mort depuis deux ans.

ce portrait, d'une touche vigoureuse, est vraiment intéressant. Et il faut mentionner encore la délicieuse miniature de Ferdinando Quaglia, que je puis reproduire aussi, et qui faisait partie de l'admirable collection Sambon, où elle fut adjugée au prix de 50.000 francs; le catalogue de cette superbe collection, vendue à Paris en 1911, la désignait ainsi : — « Miniature sur ivoire, de forme ovale, signée QUAGLIA. Cette miniature fut commandée au célèbre maître par l'empereur Napoléon Ier (ce qui est encore un témoigagne des relations de l'empereur avec la cantatrice). Les miniatures de cet artiste sont très rares. » Et la note ajoutait que la Grassini était « représentée ici dans le rôle de Norma », ce qui est manifestement inexact pour deux raisons : la première, c'est que le costume n'est assurément pas celui de Norma, et paraît être bien plutôt celui de Cléopâtre; la seconde, c'est que la Grassini, retirée du théâtre en 1823, n'a jamais pu jouer *Norma*, dont la première représentation n'eut lieu à la Scala de Milan que le 26 Décembre 1831 (1). Je dois faire remarquer qu'une fort jolie réplique de ce portrait existait dans la collection d'objets d'art du grand violoniste Paganini, vendue aussi il y a quelques années. Le catalogue Sambon mentionnait encore un portrait de la Grassini, qu'il décrivait ainsi : « Grassini (Giuseppina), célèbre cantatrice italienne. Représentée debout, couronnée par une Renommée. Dessin à la plume et lavis d'encre de Chine. Exécuté le jour de sa représentation à bénéfice (?) et reproduit en soie. »

Quant aux portraits gravés de la Grassini, je crois qu'ils sont innombrables, car il en a été fait en France, en Angleterre, en Italie, et je ne saurais me flatter de les faire tous connaître. Je me bornerai à en signaler deux. L'un, daté : « Amsterdam, 1807 »;

(1) Je dois dire que les désignations du catalogue Sambon sont parfois trop fantaisistes et indignes de cette admirable collection. C'est ainsi qu'un portrait de la Malibran présente la cantatrice « dans le rôle d'*Attita.* » Or, la Malibran n'a jamais joué d'opéra de ce nom.

la représente dans le costume de Cléopâtre, avec, au-dessous, les prétendus vers que voici :

C'est Grassini... Voilà bien Melpomène.
Elle chante... écoutons... Euterpe nous entraîne.
De leurs talents divins le charme est réuni
Dans ton geste et ta voix, sublime Grassini ;
Mais l'Europe t'admire et n'a rien qui t'égale;
Tu servis de modèle et n'eus point de rivale.

L'autre portrait nous montre la cantatrice dans tout l'éclat de sa beauté rayonnante, avec cette épigraphe : *Cantu supereminet omnes*.

Enfin, je remarque que la *Societa Milanese del Giardino* a fait graver, comme hommage de reconnaissance à la grande artiste, une médaille avec cette devise : *Possente cantando d'acquetar gli sdegni e l'ire*.

FIN

IMPRIMERIE CHAIX, RUE BERGÈRE, 20, PARIS. — 8304-5-20. — (Encre Lorilleux)

PARIS. — IMPRIMERIE CHAIX. — 8306-5-20.

www.ingramcontent.com/pod-product-compliance
Ingram Content Group UK Ltd.
Pitfield, Milton Keynes, MK11 3LW, UK
UKHW020318220726
13923UKWH00003B/1227